青少年輔導叢書 07

半紙人生

何元亨 著

博客思出版社

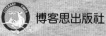

目錄／CONTENT

006 散文

070小說

140專論

散文

人父

原本以為當父親是一件簡單的事，等我真正當了父親後，才知道原來「父親」不僅僅只是賦予新生命的角色而已。

從妻子懷孕開始，便盼望著早日看到屬於自己的複製品。幻想著孩子的長相，與自己有幾分的神似，猜測孩子的性別；即便是在超音波的掃描下，已經可以確認是個男孩。其實，我對生男孩或女孩倒不在意，在意的是鄉下的父母，他們期盼是個男孩，甚至在妻子懷孕時，要求我帶著妻子到註生娘娘跟前做好「紅花換白花」的手續。父母親傳宗接代的觀念與壓力，讓我覺得非生個男孩不可。

就如父親對我未來職業的期望，最好是當老師，公務員也不錯，如果都做不到，至少不要跟他一樣；一輩子只能做個看天吃飯的農夫。他也沒識幾個大字，小學讀了一年，便因家庭經濟不允許，幫人看牛賺點綿薄的工資，為阿公撐住家庭的生計。不過，他倒有一個很好的觀念；不論再窮困潦倒，都要讓我有機會受高等教育。

說也奇怪，我是天生的保母。就在妻住院生產期間，只上過一次新生兒照顧的課程，舉凡換尿布、餵奶、洗澡、清舌苔、剪指甲都難不倒我。母親、岳母、妻及週遭的女性親友無不對我的精明能幹佩服不已。我曾檢視自己何來照顧新生兒的能力？試著說服自己；要給孩子父親不曾給過我的一切。是的，就是這樣的信念，我便能輕易的學會照顧孩子的一切基本能力，只因父親從未如此呵護過我，我才不要和他一樣，只專做男人該做的事。

兒時印象中，每隔好長一段時間才能見到父親一面，問他去哪裡？他只會簡單的說：去賺錢。有時候他會背著一大包的枇杷回家，有時是葡萄，有時是他做水泥工的工具。他總在晚餐後回家，母親臉上也沒有特別喜悅的表情，大概是早已習慣丈夫外出工作賺錢的生活模式，我總會看到父親從褲袋裡掏出一把錢交給母親，然後笑著說：拿去繳會錢吧。剩下的銅板則給我們兄弟買糖果，也只是這樣，我對父親的印象好極了，常盼望父親早日回家，至少還有糖果吃的機會。不過，他也不會和我們兄弟說什麼話，大概也只是要乖啊，要聽話啊等等為人父親最喜歡說的幾句話而已！隔天一早，等我醒來，他便又不見了，他的忙碌，不得不讓我懷疑他是否真是我的父親？

儘管每天被孩子吵得睡眠不足，下班後，我還是習慣先衝進房裡看孩子，只要他沒睡，我必定抱起他來玩一玩。只要他一哭，我也必定抱起他安撫。每天深夜，孩子埋在我的懷裡依偎直到熟睡為止。就因為對孩子的一份好奇與責任，我享受被孩子折磨的甜蜜的負擔。孩子大概也習慣我的味道，就算有人抱他，但他仍哭不停時，只要我接手抱過來，他就會慢慢的靜下來，這便是我辛苦的代價，也有一種莫名的成就感。其實，像我下班後先進房間看孩子的習慣，還是遺傳自我的父親。記得母親曾說過：當我還是嬰兒的時候，父親經常為家計遠赴外地工作，新竹和台南的中山高速公路和石門水庫的工程，曾經有父親的足跡，縱使他僅僅是出賣勞力的工人，但也成就許多人的便利，更擔負起我家的生計。每隔一陣子，父親在外地的工作告一段落後，便會返家，把賺的錢拿回家，順便看看久未謀面的家人。

孩子第一次會坐，第一次會爬，第一次叫爸爸、媽媽，第一次會走路，都是他生命歷程中的第一次經驗。也是我與妻體會孩子成長的親身體驗，也只有自己的孩子，才會如此認真的觀察他的成長過程，才能真實的去享受孩子成長的一切。我怎能不為自己驕傲呢！從孩子嗷嗷待哺的那一刻起，就急著想看他會爬、會走路的樣子，更期待聽到他叫一聲「爸爸」，這一聲爸爸，可把我辛苦的過程完全轉化為歡笑。我所有的付出與勞累都因這一聲爸爸完全獲得紓解，這無可言喻的喜悅，沒有認真做過爸爸的人是永遠無法體會的。

《新北市家庭教育季刊》2013.07.29第28期

遺書半紙

那一年春天，萬物依舊生意盎然，但我即將枯槁。

農曆年前夕，我才剛考上校長，高興的日子未持續太久，春天時，我到國家教育研究院受訓八週，為學做校長準備。第一週我便覺得腰酸背痛，雙腳漸漸無力，我以為是椎間盤突出舊疾復發，依照過去復建模式找了中醫診所，中醫師在我下背扎針，這次感覺不對，當下針剎那，背肌立刻反擊，就像一面盾牌對抗長矛刺穿的感覺，越針越痛。我問中醫師到底怎麼了？他也淡淡的說這是正常反應，還要我抓幾帖水煎中藥回去服用。

結訓前一週某天，我在宿舍上廁所時，發現尿的顏色呈西瓜汁顏色，又帶點黏稠狀類似鼻涕的東西，我嚇壞了。曾聽人家說，腎臟或尿道結石會有血尿及腰痛現象，我認為應該是這兩種症狀之一，但依舊不放心，到住家附近的社區醫院照超音波、照X光，醫生無法給我確切的病情，建議我到大一點的醫院仔細做檢查。我利用時間到知名的教學醫院，徹底的做了驗尿、驗血、電腦斷層等檢查，在等報告的期間，我的腰痛加劇，雙腳更顯無力，從受訓的教室走回宿舍，我都忍不住要蹲下來休息一下，然後才有辦法再走一段路。校長班的同學不明就裡的還會笑我「破少年」，有的同學也好意要扶我走，但我不認輸，堅持自己走完那一段路。

檢查過後一星期看報告，就像電視劇裡的劇情一樣，醫生要我們夫妻倆要有心理準備，我的心像被利刃刺了一下，我點點頭表示可以接受不好的消息。醫生說：「從斷層看起來是一顆十公分腫瘤，從輸尿管長出來的，再過兩個星期，腫瘤會吃掉腎臟旁的血管，造成內出血，就會莫名其妙的死去。不過，要進手術房穿刺切片，才知道是屬於良性或惡性的？」我依稀看到相片裡腫瘤的樣子，就像現在流行種的「就是菇」，紙盒是輸尿管，菇是長出來的腫瘤。我聽到妻啜泣的聲音，我不想哭，只覺得不甘願；我才剛考上校長，卻快要死了，心想只要讓我當一天校長，再讓我死去，就甘願了。此時，這樣的心願也顯得卑微，還好腰痛，還好血尿，讓我免於死得不明不白。

從天堂到地獄的感覺，我可以徹底的體悟。上天開了我一個最大的玩笑，我搥胸問：老天爺，為何您的左手給我金榜；右手給我訃聞呢？受訓結束後，馬上安排進手術房，也確認是惡性腫瘤，其實，我的不甘心強壓過驚嚇與痛苦。醫生開始安排療程了，先做化療，把腫瘤縮小些，如果化療無效，就必須做腎臟動脈繞道手術，危險性更大，就像氣球般，不小心刺破了，就無法補救了。如果化療很順利的縮小腫瘤體積，再開刀摘除腫瘤及周邊組織，也會把左腎一併切除，我笑自己從此「腎虧」，開刀過後再進行放療，將潛藏在體內微小的癌細胞一網打盡，正是醫界所謂的「三明治療程」。

周遭的朋友，給我許多有關化療的訊息，有人說會掉頭髮，有人說會噁心想吐食慾不振，有人說身上的皮膚會有紫斑出現。我常常想像經過化療後，我會變成什麼樣子？光頭、變瘦、全身點點紫斑如同滿天星斗？想了就心酸，這是對我最艱困的考驗了嗎？有個修行的朋友告訴我；每個人都有自己人生的功課，有的功課少些、簡單些，有的多些、困難些，但只要一口氣在，都要想辦法完成。我想想也有道理，也告訴自己勇敢面對，全力完成人生的功課。

第一次化療後，腰痛已減輕許多，藥物真的發揮作用了。就像疏通阻塞的水溝般，把雜物清掉一點，排水量就會多一些，等手術完成後，應該就把淤塞的雜物全清開了。幸運的，我的頭髮並沒有掉，也許老天爺要保留我人生最後一點點的尊嚴，化療後當天，會覺得噁心想吐，什麼都吃不下，臉色蒼白，但未見紫斑。妻見我吃不下，躲在廚房啜泣，我也知道，但真的是吃不下。為了讓妻放心些，我要求吃冰淇淋，至少讓身體有點熱量對抗病魔。每經過一次化療，就感覺腰痛減輕許多，體內像被炸彈轟炸過般，都要適應幾天才有辦法恢復體力，但痛苦的是我睡不著，醫生說化療的後遺症之一便是造成輕微的憂鬱症，每晚睡前，我都得服一顆安眠藥，才能安穩入睡。經過六次化療後，照了核磁共振，醫生說腫瘤殺得差不多可以開刀的大小了，被包住的腎動脈也清晰可見，避免做血管繞道手術的風險，我可以暫時逃過一次死劫。

　　醫生安排開刀日期是九月二十八日，真巧，這一天是教師節，彷彿預祝我重生，如果活下來了，每年慶祝教師節順便慶祝重生。萬一手術失敗，也會有許多人記住我的忌日，因為這樣，我更喜歡教師節了。手術前一天，車行高速公路，我努力要記住兩旁的景物，景物依舊，只是大小車輛和水泥護欄，但我覺得是人間仙境。手術前的準備程序繁複而仔細，我的心情隨著手術時間到來更加興奮，如果順利的開完刀，我就可以再重生成為正常人了，萬一失敗，我也可以再重生，只是離開人世間到另一個國度罷了，想到這兒，我拿出放在抽屜裡的紙筆，開始寫下人生最後的功課，就當是老師出的回家作業。提筆刻出二字「遺囑」，我還記得題目要空四格：

遺囑

美麗的世界，我走了，但我要交代一些事情。

阿爸，您要趕快退休了，不要再到田裡做那些辛苦的工作了，無聊的話，找阿母一起到處去旅行，感謝您養育的恩情，來世再報了。

阿母，您也不要再跟阿爸到田裡去了，阿爸若生氣時，說話大聲點，您就別理他，別跟他計較。感謝您的養育，讓我可以享受滿滿的母愛，您的恩情，同樣的，來世再報了。

親愛的老婆，我們生活了十幾年，謝謝你包容我的壞脾氣，我們因為意見不合，有過許多爭吵，也冷戰過許多次。也許以後再也沒有機會了，我要拜託你扶養孩子長大，也要拜託你不要和我的兄弟爭家裡的田產，一切交給阿爸處理就好了。如果你遇到好男人，我也希望你可以改嫁，這樣也有個伴，可以互相照顧。

親愛的寶貝，我們父子緣只有短短幾年，謝謝你們，讓我有機會可以當一個好爸爸。希望你們要好好聽媽媽的話，將來，做一個有用的人。

我走了，有許多事……

我才寫了半頁紙，還有好多話沒寫完。就聽到「叩叩叩」的敲門聲，見妻手上大包小包，買了許多住院的用品。

「你在寫什麼啊？」

「沒啊，胡寫一些東西。」我趕忙將遺囑塞在枕頭下。

妻不疾不徐的走近枕頭邊，一把抽出遺囑說：「我看看！」我趕緊看向窗外，沒多久便聽到妻的啜泣聲，她大聲的說：「你幹嘛寫這個啊？」說完便用力的將遺囑撕成兩半，我一個箭步過去搶，卻只搶到另一半的白紙，我寫滿遺囑的那一半在妻手裡。我心想，該說的話應該都在那半張紙上了，相信妻可以看得懂，並依照我的交代去完成我的遺願。我只是默默的呆坐在病床上，就只是等待了，等待開刀的時間。妻邊拭淚邊整理她買回來的東西，病房裡的空氣冷得讓我直哆嗦，空氣凝結成沉甸甸的大冰塊，又重又冷，壓得我喘不過氣來。

隔天一早，病房護士從容的進房，簡單的丟下幾句職業語言：「心情放輕鬆，準備開刀囉。」其實，我是準備好了，拚過這一關，我的人生就重新開始；拚不過這一關，我那半紙遺書就留給摯愛的家人，就當是最後的祝福了。

《臺灣時報》2013.10.20~10.21連載

鬼紋身

紋在我身上的圖案會隨時變換，不是墨青色，而是血肉的顏色。那是屬於祖先的印記，永遠消褪不去。

多年以前，春夏交際的午後，我坐在庭院旁的竹林下，不自覺的全身發癢，越抓越癢，烏密的髮根下，隆起了大小不一的山丘，就從頭頂開始，一直向下延伸，直到腳底。山丘像是在和我捉迷藏，抓完頭頂，又換後背，後背連前胸，往下腹部移動，順著股溝沿大腿內側下滑到腳背。

我不斷的用力抓身上的癢處，順便低頭欣賞在身上的立體畫作，輕舉左手臂，可以看見靜止的蠶寶寶，輕輕抓一下，蠶寶寶的身體還會變得更渾圓。也可以看到細小如米粒的整片疙瘩，實在癢得受不了，越用力抓，米粒就會變得似飯粒大小。偶爾，米粒會結合疙瘩，變成一小座山丘，矗立在皮膚上。

我依舊不停的抓，不管怎麼抓，都止不住癢。我急了，也氣自己為何抓了也沒效？我跑到母親跟前訴苦，她看了看直搖頭說：「鬼紋身！鬼紋身啊！」她從廚房拿來一瓶米酒，倒在手心，慢慢的塗抹在我的身上，涼涼的感覺，暫時止住癢的感覺。母親邊擦拭我的身體，邊喃喃自語，我猜那是一種神祕的咒語，但我不敢問，怕打擾母親和鬼的溝通。心想萬一得罪了鬼，身體一定會更奇癢無比的，只好閉上雙眼，享受米酒擦拭皮膚的涼感。想像著皮膚上的蠶寶寶喝了米酒後，一隻隻跌落地上的畫面。米粒也因米酒的擦拭，漸漸的消失不見，那一座座的小山丘，變成小土堆，化成土石流，從皮膚上流瀉下來。過了許久，清風徐徐吹拂，沁涼的感覺，停留在皮膚上一段時間後，轉而發熱，只見紅不見腫。我相信母親與鬼的溝通是有效的，米酒應該是祭品，而且是鬼喜歡的，所以，我才可以暫時卸下鬼紋身。

從那次鬼紋身後，一直到現在，只要遇到鬼紋身，我會學母親的做法，邊唸咒語邊擦拭米酒，也都得到暫時止癢的效果，卻怎麼也無法消滅鬼紋身。聽母親說過：那是屬於我們祖先的特別印記，祖先怕我們死後無法順利團聚，因此會在我們兄弟的身上烙下無法磨滅的圖案，等我們死去的那一天，見到祖先的當下，只要輕摳身上任何一處皮膚，就能重現鬼紋身，順利與祖先相認了，重新回到屬於我們的大家庭。北上求學時，我曾問母親：那妳沒有鬼紋身，如何與祖先相認呢?她笑著說：我常常拜祖先，祖先認識我，你們都離家遠了，拜祖先的機會少，就用鬼紋身當成相認的密碼吧。

每當鬼紋身發作，我就會想起母親在竹林下，低著頭，唸著咒語，輕輕的為我擦拭米酒的情景。當下，我更能清楚看見母親慈祥的容顏，看見母親唸咒語肅穆的神情。日後，在遙遠的異鄉，想見母親時，我會輕摳身上任一處的皮膚，讓鬼紋身再現，看見米粒，看見蠶寶寶，看見小山丘，就能看見母親了，這是我可以看見母親的捷徑。

《臺灣時報》2014.01.17

籃球癡

為了讓你有個打籃球的環境，特地讓你轉學到離家六公里的小學就讀。我告訴你選擇打籃球這條路是很辛苦的，不但要鍛鍊球技，更要兼顧功課。你點點頭，抿抿嘴，什麼也沒說。我知道你懂，而且可以做得很好。

每天往返住家與學校，其實我很擔心去接你的時候，看到你受傷的樣子，偶爾聽你說隊友因為上籃，因為抄截等理由跌倒；磨破皮，摔斷手，或者扭到腳。我聽了都覺得痛心，深怕有一天，到校門口接你的時候，你是柱著拐杖跳出校門的，或者手裹石膏，或者臉上縫了幾針……我總是擔心不完，偶爾也會後悔送你到這兒打籃球。等紅燈的剎那，偶見你累癱在後座，沉沉的睡去，還帶著一絲絲笑意，我就感到心滿意足了。

五年級的市錦標賽，四強決戰，比賽終了時間剩十五秒，落後一分，教練喊暫停後，見你帶球切入上籃，球沒進，但對方犯規。你站上罰球線，我站在二樓看台，雙手合十，心中默禱，把認識的神明都稱呼過一遍，希望至少兩球進一，先追平再說。場邊的隊友大聲呼喊你的名字，見你球一脫手，直接進網，我和你的隊友都高興的跳了起來，我祈禱著第二球也進，場內迴盪吶喊你名字的聲音，我的心怦怦跳，第二球投出，球在籃框上方彈了幾下，勉強進網，這時，加油聲更加喧鬧了，對手喊暫停，我依然只能在看台上為你祈禱。裁判哨聲再響，只剩六秒了，只要守住就贏了，果然，你們做到了。我激動的從二樓衝下來，你的隊友也衝進場內抱著你，我知道這一場比賽，你是MVP，我以你為榮。

我最擔心的事終於發生了；在全國賽市選拔賽前二星期，你的右手姆指骨折，你有點懊惱的說：練了一年多，就是為了這個選拔賽。我摸摸你的頭，不忍心責難。我偷偷的告訴教練，在手傷未復原前，不可以讓你上場了。因為，我知道，你好勝的心，一定會告訴教練說沒事，可以上場比賽。

爭全國賽市代表權最後一個名額的那場比賽，我依舊默默的站在看台上為你們加油，教練比賽前，曾經拜託我讓你上場，我考慮好久，還是不忍心拒絕。看著教練賽前為你包紮，把拇指和食指綁在一起，我的心好痛啊。難捨你抱傷上陣，但我知道你的內心是期待的、高興的，我也知道你一定想要為球隊建功，搶最後一張全國賽的門票。等你上場時，我刻意跑到外面閒逛，一顆心忐忑不安，擔心你的手傷加劇，更擔心球隊因你的手傷而落敗。

看著手錶的時間逐漸流逝，等球賽時間差不多結束了，我再次踏進球場，只見教練抱著你大叫大笑，你的隊友圍著你大喊，我知道你們贏了。

總有一天，你會瞭解當一個父親的難捨與掙扎！

《臺灣時報》2014.01.20

回鄉偶書

趁著小年夜返鄉過年，高速公路一路暢行，花了一個多小時便回到故鄉了。年過七十的老父親，還在田裡工作，趕在過年前，把種的芋頭採收完畢，交給菜販。現在做一些善後的工作，整理崩壞的田埂，那些老鼠可精明的很，不斷的在田埂鑽洞，田埂的泥土變得更鬆垮，腳一踩便踩空，老父親雇了怪手重新打造田埂，以便行走。

我把行李拿上三樓的房間，再下樓看老母親正準備拜祖先的牲禮，聽她說做了年糕、蘿蔔糕、紅龜、草仔粿，殺了三隻自己養的雞等等，那是她的戰績。其實，這還算小意思，聽老母親說過年前，四處征戰，遠到外鄉鎮幫人採收芋苗，還曾經在下雨天在芋田裡工作的情景，要在泥濘的芋田裡行走，採收濕黏的芋苗，真的是很辛苦，重點是賺了好多工錢。她更驕傲的說比我賺得更多，我笑了笑點點頭，也跟她說別這麼辛苦，在家幫忙老父親就好，她竟答我：「能做卡贏不能做啦！」然後，舉了許多村人因為中風或受傷沒有能力做工的例子來佐證。我想想也對，可以活著就是一種幸福，有能力做點事，更是上天的恩寵。相對現在的啃老族而言，老母親要偉大多了。

趁著過年農地休耕時間，找小弟和妻小到田裡焢土窯，回味一下兒時的遊戲，但我真的是退步了，花了好久時間老無法幫土窯收蓋，還是小弟厲害，簡單的撿了幾片長方形的土塊，就把窯蓋完成了。燃燒土窯用的木材與竹子，拿了老母親大灶專用的燃料，不必像小時候辛苦的到處撿拾。我們把黑褐色的土塊燒成金黃，小弟動手把燒過木材的灰燼全挖出來，把比較大條的地瓜往窯裡丟，再用竹枝將地瓜排列整齊，封上窯門。以竹枝在窯蓋上敲一個小洞，把較小的地瓜從小洞中放進窯內，小地瓜容易熟，不必重新排列整齊，就像自由落體般，落到那兒就到那兒了。

等所有的地瓜都進了窯裡，我拿了鋤頭慢慢把窯上的土塊敲落，蓋住所有的地瓜，這時，熱煙會順著土塊縫隙飄了出來，我趕緊在窯邊挖一些泥土再度覆蓋整座窯，直到見不著熱煙為止。小兒看見窯的形狀成為一個小土堆，突然笑了出來，他喜孜孜的說：「好像墳墓呀！」我也噗哧的笑了出來，怎麼跟我小時候的反應一樣。我趕忙呸了好多聲，大過年的，說到墳墓這種不吉利的事情，不過說真的，只差沒立上墓碑，不然外型真的是很像啊。

過年期間，來訪的親戚許多，我依稀還認得同輩及長輩，晚輩就全不認得了，必須要介紹是誰的孩子或是誰的孫子，才有辦法正確的聯想。這也是離鄉遊子最大的困擾，一年才碰一次面，怎有辦法記得那麼多人？連鄰居的小孩也需要一一介紹。真的是少小離家老大回，鄉音無改鬢毛催，兒童相見不相識，笑問客從何處來？

鄉下的人情味總比都市來得濃些，但也被都市冷漠所感染，可能是我常居都市的原因，鄰居互動不是那麼熱絡。回到鄉下，有點不習慣熱情的招呼，因此，妻小偶爾會覺得無聊。過年返鄉，總會聽到哪個長輩或鄰居發生意外，或者不幸往生之類的憾事。一方面高興家人團聚，一方面就要承擔另一種遺憾。聽老母親說起，附近的農地因為工業區規劃後，價格開始飆漲，以前是以一分地為買賣單位，現在竟然是算坪數來做買賣的，聽說收購人握有「外國」龐大的資金，只要誰家的農地願脫手，不管多少錢，都願意承購。我聽了好擔心，怎麼都市炒作土地的歪風延燒到鄉下來了，老農漸漸失去耕作的能力，只好賣田地維生，有一天，農地全被財團買走了，再透過政治權力變更農地使用項目，到時候，想維護農地的正常使用就困難重重了。回到工作崗地後，我一直在思考這個問題，甚至夢到老家旁全蓋了房子，只剩老父親的農地堅持種了稻子和芋頭，這樣的景象，不再是農村了，當然，更不像是故鄉了。

《臺灣時報》2014.02.09

生死關

有什麼難關比生死關更難過的？我進了手術室，把生命交給醫生和老天爺了。就像你常說生小孩的台灣俚語：「生得過，雞酒香；生不過，四塊板。」開刀不也是這樣嗎？你要我別煩惱，自己卻千絲白髮，皺紋交錯。開刀時間跟上班一樣八小時，你當到田裡工作，清晨出門，黃昏返家，過程不重要，重要的是回家了。家屬休息室的沙發特別硬，你也坐不了多久，你逛遍整個醫院各樓層，偶爾還會稱讚一下醫院好乾淨，但是好熱鬧。我知道你在轉移手術室的注意力，也在想像我轉到普通病房後的樣子，特別在你看過我的病房後。我也在想像死在開刀檯上的樣子；也想像在病房復原的美好。但我知道你在等我開完刀，等我再叫你一聲「伊啊」！

「伊啊」：大家叫「媽媽」，我叫「伊啊」。

《蘋果日報》2014.05.09母親節徵文入選

路過鯉魚潭

母親節前的周末下午，趁老母親已忙完農田噴灑農藥作業後，開車載著她到三義鯉魚潭水庫逛逛，也刻意開往卓蘭，看看一大片的水梨田。

沿著大安溪旁的縣道，穿過高速公路下方，繞著蜿蜒的鄉間小路，新山線鐵道高架橋橫在路中間，高聳的橋相當宏偉，巧妙的連接兩座山，我不曾有機會坐火車從這兒經過。再往山裡面開，會經過二十幾年前服務過的鯉魚國小，那時候剛畢業分發到這所山邊的小學，這兒有我塵封二十幾年的青春記憶。當時，我住學校宿舍，放學後，總會有阿兵哥到籃球場來打籃球，一段時間後，大家混熟了，便邀我到營區吃晚餐，我還記得司令台的後方有條小路可以直通舊山線鐵道，隧道口有一班阿兵哥駐守，所謂營區只是一間小平房，衛兵駐紮入口處，外人不能隨便進來，因為籃球，讓我有機會可以進到營區一窺究竟，第一次看到舊山線的火車在面前疾駛而過。

學校裡的孩子純真善良，大部分都是客家人，我雖只有一半的客家血統，但感覺親切如家人。記得，孩子只比我小十歲，孩子喊我老師，但我感覺比較像大哥哥般，把孩子當自己弟妹看待，和他們一起玩一起讀書。那時候的星期三下午還得上一節課，我總會利用星期三中午，帶著全班的孩子，遠足到龍騰斷橋下享用便當。心裡想著給孩子運動一下，體驗一下我小時候遠足的感覺。孩子直喊累，滿頭大汗氣喘吁吁，連我也是。

我一直以為班上的孩子下課會用客家話交談，出乎意料之外，大部分說著流利的國語和閩南語，印象中有一對雙胞胎姊妹，偶爾不想讓人聽懂他們在說什麼時，應該是說什麼秘密吧，就會以客家話交談。我常鼓勵孩子要常常說客家話，即便我聽不懂，我也喜歡聽客家話的輕柔呢喃。

夜裡，偶爾會聽到如廟會放大龍炮的聲音，猜想應是炸藥聲，那時候鯉魚潭水庫正在施工，必須靠炸藥炸掉山頭。曾經，利用家庭訪問的機會，騎著機車載一個孩子到山頂，我騎了好久的山路，心想，晚上的山路應該更令人發毛吧。孩子的家是三合院，院子裡堆放些農具，雞鴨在院子裡散步，一隻老黑狗望著我狂吠，又邊搖著尾巴迎接主人，等孩子喝斥後，知道我是主人的朋友似的，便停止了狂吠。住在這兒，真的是與世無爭，群山環繞，滿眼翠綠，空氣清新甜美，蟲鳴鳥叫在耳邊環繞。不過，孩子說等水庫蓋好，他們就得搬家了，因為水庫的水會淹沒她的家。當時，我很難想像這樣的情景，現在，看見鯉魚潭水庫的景象，我終於能體會了。

記得有一次，學校附近的廟宇大拜拜，家家戶戶辦桌請客，家長競相邀約放學後用餐，我第一次在短短的時間裡，到不同的地方吃「辦桌」，家長好熱情，我只好順路挨家挨戶吃飯，每個家庭僅能停留一段時間，這樣，才能讓每個家長覺得公平。宴席間，我第一次用碗公喝啤酒，憋住氣猛一灌，肚子也撐飽了，也是第一次因為喝酒吐了，我怕弄髒了家長的住家，還是硬撐著走到稻田邊盡情的吐。吐完後清醒許多，也把吃的東西全部還給大地。那一夜，迷迷糊糊的回到宿舍。

站在鯉魚潭的觀景臺，遊客看的是美景；我看的是青春。

《臺灣時報》2014.05.18

韓遇

七月中旬，沾棒球隊孩子的光，代表臺灣遠赴韓國首爾，參加美國小馬聯盟世界少棒錦標賽亞太區選拔賽，經過五天的激戰，擊敗強敵日本，逆轉勝地主韓國，順利取得亞太區代表權。近日，甫遠赴美國加州參加世界賽，勇奪季軍返國。韓國行的目的是為了看球賽，賽程安排切割了觀光的時間完整性，我們只能在首爾附近移動，沒有機會深入的認識韓國。但是，韓國確實有些地方值得我們學習。

無可救藥的民族自信心

首日搭機至仁川機場，機場規模應該有桃園機場幾倍大，觀光客以中國、臺灣與日本人居多，也有少數西方臉孔的外國人。機場指示牌可見韓文、簡體中文、日文和英文並列。導遊一上車，便挑明說喜歡帶臺灣團，也數落中國團的不是，導遊說他從小跟父親到中國經商，說得一口流利的中文，也介紹韓國的種種。

在首爾市區活動，很少看到日本的汽車，我問導遊：「韓國人怎不開日本車？」，導遊驕傲的說：「韓國車一點都不比日本車差啊！」。在臺灣，韓國車偶爾可見現代和起亞，我也看到在臺灣未曾見過的三星汽車，導遊說韓國的好車不外銷，留給自己人用，我心想：怎麼跟日本人的想法一樣。韓國人寧可花錢買一部與雙B汽車價格相仿的國產車，也不太願意購買進口的雙B，更別說是進口車了。

少棒隊與日本進行準決賽當天，導遊一上車便挑明的說，祝福我們打贏「日本鬼子」，然後說起韓國被日本欺負的歷史，好久沒聽到這樣的話了，卻又覺得熟悉。導遊說韓國人反日的情結，更表現在觀光客的採購行動，特別交代我們買東西說謝謝時，不要說「阿里阿多」，會讓韓國人誤以為我們是日本人，這樣，不僅東西價格會變貴，品質也會變差。不過對於中國，他倒是簡單帶過「去漢化」，所以在街上比較少看到簡體中文的標示，他也舉首爾舊地名是漢城為「去漢化」的例子。但對於美國，他倒是親切的說「老大哥」，似乎也很崇拜美國，打從心裡相信美國真的是盟友。

走馬看花看韓國

從首爾到比賽的揚州市棒球場，車程約莫一個半小時，看完比賽後，回到首爾市區逛。導遊帶我們看了舊城門，還有到類似中國的舊王宮參觀，看看整治過的清溪川，到首爾塔看夜景，也看了整面的愛情鎖牆，相當壯觀。當然，也到熱鬧的東大門市集購物。我們也到過青瓦台總統府外圍拍照，到處都是制服和便衣警察，戒備相當森嚴，像極了解嚴前的臺灣。

我們搭的遊覽車偶爾會闖闖紅燈，或者在雙黃線的市區道路大迴轉，但聽不見後方車輛的喇叭聲，更不見路邊的警察制止。我好奇的問導遊這樣的情形在臺灣是不容許的，導遊說觀光客是韓國的貴賓，在主要街道的路燈杆上插滿韓國的國旗，也派駐專門引導觀光客的解說員，置入性行銷韓國的國家形象。韓國政府與人民都希望觀光客帶來一些經濟效益，也都有默契必須禮讓載滿觀光客的遊覽車。

有一晚的行程是搭船遊漢江，那兒有韓劇拍攝的景點，相當吸引人。目測漢江河道約是淡水河五倍寬，我一直在聯想淡水河邊的景象，除了風以外，卻怎麼也無法連結在一起。漢江好乾淨，聞不到一絲令人作嘔的氣味，在甲板上看著夜景，享受迎面吹來的涼風，幻想著淡水河的水上巴士，但一下就被淡水河的臭味薰醒。雖然，比起二十年前，淡水河確實乾淨許多。我心想，同樣在首都的大河，漢江怎會如此乾淨呢？

世界少棒賽亞太區選拔賽場邊觀察

每天，我們搭遊覽車到距離首爾約一個半小時的少棒比賽場地，這兒人煙稀少，球場旁大片的農田，有時因風向會聞到豬糞味。有些加油團的家長搭捷運來到揚州車站，再搭計程車到達球場。

這座球場為少棒專用，不同於國內的球場，內外野都鋪上人工草皮，壘包間的跑道是PU，只有在投手丘和本壘板可以看到一小塊面積的紅土。這樣的球場可以不受下雨積水影響比賽，不必定期割草或添加紅土，也可以保護小球員，減少受傷的機會。唯一，就是缺乏自然生長的草皮，聞不到草皮和泥土的芬芳。

我來不及參加開幕式，據參加開幕的家長說，每個參賽國都帶國旗，我們什麼也沒有，就連國際體育競賽場上，常見的奧運五環旗也沒帶，我難以置信這樣的事情。還好，天真的孩子，沒有受到影響。每一場比賽，在記分板上，不論我們是主或客場的隊伍，都清楚了烙上「TAIWAN」，沒有任何一個國家會抗議。我心想應該是中國沒有參加這次的比賽，才會讓「TAIWAN」如此順利掛在計分板上，一直到比賽結束。當然，我也帶著大家喊：臺灣隊加油，或是臺灣加油，我要很清楚讓參賽國知道我們是臺灣少棒隊。後來，少棒隊到美國參加比賽，記分板上依舊烙上「TAIWAN」，臺灣的孩子有機會奔馳在美國的球場上，這是我覺得最開心的事情。

《臺灣時報》2014.08.10

返鄉

中秋節連假，高三的大兒子說要補習，準備寒假的大學學測，國二的小兒子說要練球，月底要參加籃球賽。看來返鄉看父母的行程又要落空了。

想起兒子小時候，帶他們返鄉的情景，行李總是大包小包，又是尿布又是奶粉的，還要帶喜愛的玩具和零食，最重要的是催眠的奶嘴。在車上，總忍不住長途跋涉，偶有哭鬧，不耐的直問：「到了嗎?到了嗎?」我總要安撫的回答：「快到了，看完水果奶奶就到了。」偏偏常遇到塞車，即便看完一遍、二遍……都還到不了，等他們哭累了，不經意的睡著，車上才能恢復安靜。

回到老家，面對陌生的祖父母、叔伯、堂兄弟姊妹，又得重新安撫他們不安的情緒。記得好幾次到了晚上就寢時間，兩兄弟吵著要回家睡覺，哭鬧著說：這裡不是我的家!我和妻必須開車載兩兄弟到外面繞一繞，直到他們開始打瞌睡，再返回老家，半罵半哄的騙上床。

前些天晚餐時，大兒子低下頭說：「爸爸、媽媽你們回去看阿公和阿嬤，你們每回去一次，看阿公和阿嬤的機會就會少了一次。如果因為我們，不能回家團圓，我們會覺得很不孝。」小兒子也點頭如搗蒜的說對啊對啊。

我匆忙放下碗筷，衝進浴室洗臉，重複洗了好幾次，猛然看見鏡中的我滿頭白髮、抬頭紋和閃閃淚光。

《臺灣時報》2014.09.14

假日農夫

五月，梅雨盤旋，烏雲沉甸甸的，大雨紛紛，有時傾瀉，有時綿綿。正慶幸梅雨來臨，可以浸潤即將乾枯龜裂的田地，卻把農田淹沒成小池塘。水稻抽穗的時節，最害怕雨水斲傷即將結穀的稻穗。此時，正也是芋頭田最需要灌溉水的時刻。

老父今年七十好幾，站在田埂上，顧不著被雨水澆熄的菸，猛力的抽著，菸頭微弱的火光似乎和雨水爭搶最後的存在。老父向遠處眺望，左手邊是水稻；右手邊是芋頭。不知道該開心還是擔憂？水稻怕雨；芋頭要雨。

老父和老母耕作近八甲地的農田，實則僅約一甲地是自家農田，其他的都是兒時玩伴託付代耕。農村所見大都是老人和小孩，跟父母親同輩的老農，只要身體還算硬朗，苦撐著耕作祖先留下的農田。偶有幾家人，中年男丁繼續耕作，比較少見年輕一輩返鄉做農。託付老父代耕的老農，大都因為年老力衰或照顧罹病的老伴，家中又沒有繼承農事的子女。他們一點也不在乎老父會給多少田租，在乎的是祖先的農田不能毀在自己手裡。不願看見農田荒廢，即便休耕，可以領取政府些許補助款，也不願任其荒蕪。這樣的堅持，直到闔眼蹬腳為止，就交給下一代決定能否繼續？

我時常請求老父別再代耕，只要照顧好自家農地就好，他總點點頭說：「能做，卡贏不能做！不必向你們伸長手啦。」就是這樣的堅持，我年年提問，答案始終未曾改變。提問的時間總在每年的圍爐上，老父的堅持，融化我的不捨，有時老母還會加入討論，愜意的說：「明年這個時陣，我們兩個老的，不知道還能不能圍爐？」老父聽到這個，總習慣從嘴邊吐出幾個呸。

今年圍爐時，我還沒提問，老父竟先開口：「今年沒那麼多田可做囉！」，看他惋惜的表情，像極了颱風吹倒飽穗的水稻時，無能為力的哀愁。我趕緊放下筷子問：「你想開啦，年紀大了，早該不要種那麼多田了。」老母不等老父開口，就搶著說：「不是不種，是他們都把田賣了。」我聽得一頭霧水，是誰對農耕如此熱情？買了那麼多的農田。後來，老父母接著說出農田的去處；從去年中元節後，就有人陸續到村裡問有沒有人想要賣田？價錢很好，過去的農田買賣是以一分地計價，自從高鐵及第二條高速公路完工後，村裡的交通比以前便利許多，一日生活圈儼然形成。現在的農田買賣是以一坪地計價，價錢翻了三倍多。不少無力耕耘的老農趨之若鶩，賣了好價錢，生活更富裕了，不少出外的年輕人回鄉的頻率更高了。

據說，被買走的農田，還有村莊尚未出售的農田，已有都市計畫的雛型，將來，可能變更成為住宅區。難怪，農地價格翻漲三倍多。我心想等變更成住宅區，可能翻漲數十倍。憨厚的老農，根本不知道財團炒作土地後的獲益，只看到眼前的利益，只想賣了好價錢，可以給子女買房子，可以讓自己過個好日子。老農也是無奈，耕種了一輩子，農作收穫所賣的錢，可能還不及於賣地的一半。老農也感時日不多，賣掉農田，換得金錢，好做財產分配，讓每個子女更公平的繼承。

有朝一日，農田全被收購了，都市計畫就會順理成章變更成住宅區，那時候，可以想像蛙鳴變成汽機車的引擎聲，清甜的稻香全成了油煙味和汽油味，農村不再是農村，大片的農田種出一幢幢美輪美奐的建築。我不敢想像，村裡三代人共同的農村記憶從此消失無蹤。

想著想著，越來越不安，我必須努力傳承屬於許多人的農村記憶。

趁著圍爐的時刻，我們四兄弟和父母商量後取得共識；無論生活如何艱困，只要過得去，絕不賣祖先留下來的農田。但必須先解決我們家耕種人力不足的問題，當然也是其他村人必須面對的問題。我們約定好，每逢假日，返家幫忙農事，當一個快樂的假日農夫，不但可以藉由農事勞動，讓自己更健康，也可以增進分散多年，為了求學與事業各奔西東的兄弟情。

假日農夫的計畫，從年假開始，大年初三，老父教我們四兄弟駕駛耕耘機，原理和開車差不多，只是道路變成農田，還要適當的操作耕耘器，在田埂邊迴轉時，記得升上來，不然會連田埂都成碎土，迴轉後要記得放下，才不會讓耕耘機白跑一趟。四兄弟輪流開耕耘機，沒有輪到的人，就拿起鋤頭鋤農田四個角落耕耘機走不到的死角處。輪到我開耕耘機時，我顯得有些笨拙，好幾次迴轉時忘了升起耕耘器，碎壞了田埂，要不然就是碰到田埂迴轉後，忘了要放下耕耘器，讓農田翻土的面積少了一段。反覆練習後，才終於可以拿捏駕馭耕耘機的訣竅。

坐在耕耘機上，可以看到成群白鷺鷥在後尾隨，尖銳的嘴喙不停的在碎土上啄呀啄的，有時還可以看到白鷺鷥的嘴巴叼住乳白色的蟲。滿田金黃色的水稻頭，耕耘機一開過，全成了黝黑的碎土。類似我小時候理平頭的動作，理髮師傅的推剪緊貼著我的頭皮，輕輕往上一推，往前一推，馬上見到頭皮。滿頭黑髮猶如滿田金黃水稻頭；頭皮就是被翻碎的黑土。我想像在幫農田理髮，要讓家裡的農田變得更清爽，更有精神。

年假後，正值插秧期和新種芋頭苗，正是農家最忙碌的時刻，記得小時候，培育秧苗的工作也是老父做的，翻土耕耘是爺爺和水牛完成的，插秧也必須依賴人工完成，不像現在，科技也帶來農事的便利。耕耘機取代水牛；插秧機取代人工，連噴灑農藥都有機器可以代勞。舉凡與稻穀生產的工作全可以交由機器代勞，人力只需負責操作各種機器，還有為機器做不到的地方善後。不過，種芋頭苗就得完全倚靠人工了，將來收成也是，因而年輕力壯還是務農的最佳條件。

比起年老的雙親，我們四兄弟算是年輕力壯的人力，只是各有自己的事業，不能做一個專職的農夫。年假結束，各自返回工作崗位，第一次有深刻的踩著泥土的感覺，輕聞泥土的芬芳，也感受到故鄉的美好。第一次聽到故鄉的聲聲呼喚，恨不得假日早點到來，我又可以回到故鄉，享受土地的疼愛。每逢週五，我們四兄弟變有志一同開夜車返鄉，有時獨自一人，有時全家出動。趕著回鄉，當一個快樂的假日農夫。

不知何時開始？假日返鄉的中年人變多了，村裡的假日農夫越來越多。老父說這是他的功勞，他到處在村裡放送我們四兄弟利用假日返鄉耕作的事情，他的兒時玩伴，就以我們家的例子告誡子女。偶爾，我會在田間遇到小學和國中同學，簡單的寒暄後，心知肚明的莞爾一笑。假日農夫最大的功勞是遏止了販售農田的歪風，保留祖先的農田，讓故鄉農村的景象，至少可以延續到下一代。

《臺灣時報》2014.11.09~11.10連載

另一個父親

我是一個異鄉遊子，一直以擁有兩個父親的愛為畢生最大的驕傲。

初識丈人，透過學校家長會長總舖輝仔假藉酒醉要我載他回家的理由，介紹妻與我認識，丈人在學校附近開設國術館，也算是醫術高明的拳頭師傅，從他館內牆上的匾額可以嗅出國醫的身手。丈人率性的請我抽了根菸，大聲吆喝著我趕快載會長回家，會長也徐徐地起身搭著我的肩，在我耳邊輕輕的說：介紹女朋友給你。我不以為意趕忙扶著他上摩托車，他從後面環抱住我，要我看看迎面而來的女孩，還故意提高音量與對方打招呼。摩托車一發動引擎，他便迫不及待問我印象如何？我害羞的點點頭。幾天後，會長安排了正式的相親宴，其實我相親的經驗還算豐富，但總難脫潛在的羞澀靦腆。一年後，我順利與妻結婚，開啟與丈人的翁婿情誼。

丈人是在地的耆老，他的家族在學校附近曾經擁有大片的土地，後來大部分成為高速公路用地。他有一個響叮噹的綽號「風飛沙」，除了有性急之意，還有為人海派的意寓。年輕的時候，曾經開設建設公司，蓋了無數的房子，政商關係良好，照道理說，應該累積無數的財富才是，其實不然，因為建設公司董事長是他的親大哥，後因肝癌去世，留下大筆遺產，丈人卻一毛錢也沒有。不過，偶爾聽他嘮叨幾句；如果可以平分公司的資產，他的兒女便減少奮鬥的辛苦，當然我也能沾沾妻的光。丈人對我的疼愛一如他的子女，甚至對我更是疼愛有加，他總覺得我是出外人，應該特別照顧。

結婚初期，偶與妻口角，丈人一定責備他的女兒，對我多所包容，這樣的舉動，其實有違常理，大部分的父親應會站在女兒這一邊才對。說真的，因為丈人的寵愛，讓我更勇敢的與內人發生爭執，內心萌生一絲有恃無恐的莫名。妻首次懷孕，我初享為人父的喜悅，到了預產期，妻只要一感腹痛，丈人便開車載我們到醫院，前後共有三次，最後一次進醫院待產等了將近二天，見妻臨盆之際腹痛難耐，直嚷著要剖腹，醫生勸妻自然生產對母親與孩子比較好，但妻難忍劇痛，懇求醫生趕快動刀，一方面得相信醫生的專業；一方面卻又捨不得看妻受折磨。只得請求丈人到醫院安撫妻的情緒，我不知道與丈人的「父子情」由多麼親密，直到打電話向他哭訴妻正遭受的苦痛那一刻起，猶如幼年時受了委屈向自己的父親哭訴的感覺般。丈人匆忙的趕到醫院，情急之下，還指責妻忍不了痛，妻只能咬著牙汩汩的流著淚，我也只能緊握住妻的手陪著掉淚，這一夜是漫長且煎熬的，還好我並不孤單，直到凌晨順利的迎接新生命。

孩子出生後，妻回娘家坐月子，孩子似乎並不適應外在的環境，日夜顛倒的作息經常讓丈人及岳母必須輪流接力看顧，即便我利用假日到娘家小住，想分擔一下他們的辛勞，丈人婉拒我的請求，並要我利用假日好好休息，孩子的事交給他就好了。有時，妻忍不住在半夜起床協助哄孩子，也會被數落一番。我與妻在丈人的心中仍只是他必須關愛保護的大小孩，就因為這樣，我與妻作息都很正常，偶爾半夜起床看著丈人抱著孩子的幸福模樣，即使眼皮不自主的下垂，不停的打哈欠，讓我感到些許的不安與難捨。

丈人的愛如父親般的無限，記得前幾年，坐骨神經痛得坐立難安，他使出渾身解數為我推拿，甘冒違法的危險，使用麝香等名貴且禁售的藥品敷貼在我的痛處。為減輕我下班後的負擔，更是把讀幼稚園的孩子接回娘家照顧，讓我專心養病，他也四處打聽治病的偏方，親自為我泡製二罈梅子酒，沒想到梅子酒竟成了他給我珍貴的遺物。丈人對我亦有父親的期待，他總希望看到我有些許成就，孩子上小學後，我順利考上研究所，得利用晚上的時間上課，他要讓我專心讀書無後顧之憂，孩子儘管交給他照顧，就連住院時也是如此。自小，我的些許成就，是父親對眾人炫耀的的話題，丈人和父親一樣，炫耀著我的一切，他總以我為榮，疼愛我及我的孩子。

前年暑假前夕，丈人突然在國術館內昏倒，岳母及時將他送醫院後，經過醫師檢查發現得了胃癌，天性樂觀的他不以為意，相信只要經過手術後便能康復，等待開刀期間，正值研究所期末考，他要岳母回家幫我看孩子，讓他獨自一人留在醫院，就是要讓我無後顧之憂，專心的讀書。不過我怎捨得讓他獨留醫院，我要求妻請假照顧孩子。開刀前一晚，我帶著切好的水梨去看他，那是他最喜歡吃的水果，無奈醫生已要求他禁食，不能再吃任何食物。那一夜，看他落寞的表情還得勉強擠出一絲笑容，要我們不必擔心，他告訴我們：開完刀就好了。我當然也相信以現在的醫學技術，胃癌不算是絕症，我也期待一個月後他可以順利的出院。我心想丈人連生病都會挑我放暑假的時間，一貫的與他要讓我絕無後顧之憂的心情一樣，等暑假過後，他便又可以幫我照顧孩子了。

開完刀，他的麻醉藥未完全代謝，我去看他，眼皮微張卻睡得安詳。直到第三天才完全清醒，傷口也隱隱喊痛，他還半炫耀似的說，傷口痛的時候，按一下止痛藥的裝備，便不會痛了。都自顧不暇了還關心我期末考試是否順利，我當然點點頭告訴他：一切都沒問題。不曾看過丈人如此狼狽的模樣，我把他的腳墊在枕頭上，他竟客氣的跟我說謝謝，我的淚在眼眶打轉，趕忙到廁所洗臉，以便掩飾我的不捨。

開刀後的第一個星期六，我到醫院照顧他，就像照顧自己的父親一樣，他嚷著想喝杯咖啡，我答應他痊癒後再請他喝，沒想到，咖啡後來成了祭品。傷口過了近一星期，未見癒合的跡象，當天下午，主治醫生率領一群實習醫師巡房，聽他們以英語交談，也聽不出有什麼不對，直到護士為他的傷口換藥，才驚覺縫線已被腹肉撐開，而且滲出血水。只見主治醫師眉頭一鎖，示意所有人暫時離開，我的心稍微抽痛了一下，彷彿回到聽見祖父過世那一刻的心情般。就如同心痛的不詳，隔週一，丈人因傷口無法癒合，導致腹腔出血緊急開第二次刀，主治醫師開完刀，安慰我們說是傷口感染，再做一次清創手術應該沒問題了，我也期待是如此完美的結果，第二次開刀後，丈人送進加護病房，會客時間有一定的限制，前二天因麻醉藥未退，也無法得知他的感受，後面幾天又聽醫師建議打了鎮靜劑，探訪他的時間，總會感覺他正睡得香甜，這樣的情形只維持了一星期，外在傷口無法癒合，引流管仍是湧出鮮血，直到血壓急速下降。醫師又為他動了第三次刀，動刀前，醫師講明了不開刀絕對沒希望，開了刀會有些許希望，我們當然選擇希望，即便只有千萬分之一。

第三次開刀依舊經過數個小時，醫師告訴我們，外在傷口周邊的肉出現腐爛或壞死，內在胃腸交接處早已壞死，現存腸子的長度根本無法與胃縫合在一起，只得暫時分開縫合而且必須以醫療用鐵絲縫合，如果內外傷口仍舊無法癒合，情況恐怕不樂觀。聽到這樣的訊息，我早做好最壞的準備，從不曾聽聞向丈人如此的開刀惡果，當然，也懷抱一絲希望。我總相信像他這麼好的人一定可以逢凶化吉才是。開刀後，我幾乎每天到病房探視他，偶爾沉睡偶爾精神奕奕，因為怕他的手腳乾燥，我在他的手心、手背、小腿、腳盤、腳底及手、腳指間，塗抹一層淡淡的乳液，也為他按摩左右兩側被病床幾乎填滿的肩膀，當他清醒時還會做揖的表達感謝之意。這段期間，我們只能透過肢體語言或簡單的紙筆溝通，有時我問，他點頭或搖頭；有時他比手畫腳，我點頭或搖頭，真有疑問時，我請他用紙筆寫出關鍵字，我再猜他的意思重複講給他聽，再看他的肢體動作與眼神。我常在想如此艱難的溝通方式，除了要有父子的默契外，很難做其他解釋了。印象較深刻的是他曾比了OK的手勢，意思是開了三次刀，後來意識較不清楚時又表示住院三個月的意思。還有一次較深刻的是他比了死翹翹的動作，我趕忙以食指比向上，意思是快好了，馬上可以移往普通病房，鼓勵他不要氣餒。

在加護病房的日子，可以感受到生死一瞬間，看盡生命的脆弱。每當醫生宣布丈人病情已好轉可移往普通病房時，我總欣喜若狂，過了兩天，病情卻又急轉直下，傷口又不斷滲出血來，類似的病情轉換好幾次，直到後來做了氣切手術，丈人的傷口總看不見癒合的跡象，我心想情況並不樂觀。過世前一星期某個半夜，醫院緊急通知丈人的口鼻冒出血來，也發出病危通知，我們趕到醫院，正值醫師緊急為他輸血，洗腎機及體溫維持器也在床邊運作，暫時維持住他的生命，不過他完全沒有意識。過了兩天，他的眼皮竟然張開眼球微微轉動，我以為他已經清醒過來，醫師卻說是中風的跡象，我真的絕望了，醫師也跟我們溝通，要不要以電擊做最後急救，岳母掛著淚不忍丈人繼續痛苦，簽下放棄急救同意書。我多麼希望有神蹟出現，曾經到住家附近廟宇祈拜，祈求神明以自己的十年壽命延續丈人的生命，但盼不到神蹟出現。我們也央求醫師丈人要回家嚥下最後一口氣，回到他的家壽終正寢。

我永遠記得丈人在醫院彌留的那一刻，他睡在病床上，沒有插管，沒有傷口，只留下氣切的部位繼續呼吸，他不斷的用力吐出氣來，我們早哭成一團，我告訴他：「爸，咱要回家了！」，他安詳的睡容像以前一樣，只是少了擾人的鼾聲，這一刻，我多渴望再聽一次他吵雜的鼾聲啊，卻是我畢生最大的奢求。我與丈人的父子情，從此刻結束了，自此，少了一個父親的愛，像是失去全世界的關注。到現在，偶爾想起丈人，總會想像他會和我說什麼話？他正在做什麼？如果還有來生，我要繼續當他的女婿，或是他的兒子，再享受一次被他關愛疼惜的幸福！

《臺灣時報》2014.12.07、12.08連載

回首來時路

不曾漂泊過的人，不知道孤單與無助的恐懼；曾經漂泊過的人，才能真正擁有面對孤單與無助的勇氣。

在外漂泊慣了，總有千萬個漂泊的藉口。因為異鄉遊子的矜持，要將異鄉轉化成故鄉的認同總得克服重重障礙；難捨故鄉昔日的風貌，抹不去成長的痕跡，忘不了故鄉的一切一切。那是好久好久以前的記憶，不是甜美的故事而是真實的日記，如同心底的烙印雖日漸模糊，但仍然清晰可見。漫長的人生路，總要被切割成無數段，有時得以公分為單位；有時卻需以公里為單位。不論是飄渺的記憶，抑或是深刻的印象，只不過是漫漫人生路上的一個小點罷了。

在我童年成長的那個年代，農村的生活是簡陋而匱乏的。記憶中，「家」只是一個以茅草作屋頂，以土塊砌牆的組合體而已，連地面都只是用泥土鋪成而且凹凸不平的。每逢下雨，家外面滴滴答答；家裡面叮叮噹噹，大概家裡可以盛水的器具全派上用場了，這樣的景象大概是我生平第一次聆賞的打擊音樂會，白天，倒覺得悅耳動聽；

打拍子。

夜晚，特別在四處盡是寂靜的時候，可就不由自主的隨著雨聲的節奏

如此簡陋的家，簡陋得連一個像樣的廁所都沒有；只記得有幾片木板貼在地面上，木板下方是預先挖好的大窟窿，整個空間充滿排泄物惡臭的氣味，蚊子、蒼蠅、蟑螂在這裡建立屬於它們的王國；大概很少人看過會飛的蟑螂，與蚊蠅相較之下，蟑螂可顯得雄壯威武多了。蹲在木板上方，彷彿站在搖晃的吊橋上，感覺像是隨時都會掉進大窟窿裡，那種必須如履薄冰、如臨深淵的緊張情緒持續到完全解放離開廁所後才能解除。蚊子最喜歡偷襲圓潤渾厚的臀部，那兒最沒有抵抗能力，即使已察知被偷襲，想拍打也不是，不拍打又不甘願。那個年代，衛生紙還不是很普遍；特別是在偏遠的鄉村。那時候使用的衛生紙是一種極粗糙呈土黃色的包裝紙，粗操的表面類似現今廚房用的菜瓜布，稍一用力，就會刮傷皮膚表面。那個年代，上廁所是一件危險性極高的工作，現在想想，除了噁心之外，還有些懷念。

上小學一年級以前，我們幾個同年紀的死黨跟著鄰居的大姊姊學注音符號，我們把她家堆置肥料與木材的倉庫當成教室，將門板當

成黑板，粉筆則以紅磚塊代替，我們席地而坐，大姊姊每寫一個字就要我們跟著她唸一次，然後各自拿著樹枝在泥土的地面上練習書寫。說也奇怪，在那樣的環境裡竟也把注音符號學會了。那時候，老家的巷子口便是國小的一年級分班，記得哥哥讀一年級時，便偷偷跑倒窗外去看他讀書的樣子，久而久之便也希望自己早點長大。分班的老師跟爺爺、奶奶是好朋友，爺爺特地去拜託老師讓我提早入學，鄉下人稱之為「寄學仔」，老師也說如果我的學習成績可以跟得上其他足齡的同學，他願意向校長求情，讓我隨著他們升級。不知道是天分或者是想順利升上二年級，幾次月考，我的成績總是拿滿分，要不然就是全班第一名。爺爺、奶奶、爸爸、媽媽都為我感到驕傲。只要家裡有什麼好吃的東西，一定會先拿給老師品嚐，他們只能以這種既誠懇又簡單的方式表達謝意。

後來，我也真的升上二年級了。

我永遠都記得國小中年級的老師！大家都叫他「老芋仔老師」，他濃厚的鄉音讓我足足聽了一個月才隱約知道他在說什麼。那時我很胖，同學都以閩南語笑稱我「大胖呆」，他也跟著叫我「大口袋」。他的年紀似乎比父母稍長，獨自一個人住在學校的單身宿舍裡，偶爾，他會叫我到宿舍去，品嚐他親自做的熱包子。他堅持要我在宿舍裡把包子吃完而且不可以向同學聲張，我怎麼捨得放過這樣的特權，自豪的對班上每個同學說：老師請我吃他親自做的包子。不知道羨煞多少人；包子是什麼味道我早已經忘記了，可是同學羨慕吃味的表情卻讓我印象深刻。

後來，他到我家作家庭訪問，得知我有四個兄弟，便開玩笑的跟爸媽說要我過繼給他當兒子。爸媽不以為意，但從那之後，他對我更好了；除了熱騰騰的包子，還有用不盡的學用品。他還常到我家去，每次總會帶著大包小包的禮物，就像過年時，遠地的親戚來訪一樣。不過，每當他嚴肅的提起要我給他做兒子時，爸媽總是無情的拒絕，我不懂給老師作兒子有什麼不好？我虛榮的認為可以過好一點的生活，至少在學校會有許多同學羨慕我。之後，爸媽告訴我要跟老師一起生活，而且要離開他們，離開家鄉，甚至還可能跟老師反攻大陸。我不敢再有給老師做兒子的想法，從此，我不再接受老師的包子與學用品。我知道雖然很可惜，但為了不與爸媽分開，沒有人告訴我該怎麼做？我必須堅持與老師保持距離。等我升上五年級，他結婚了，也做了現成的爸爸，偶爾遇到他，我只是淺淺的一笑然後快步的離開。升上六年級的那個暑假過後，就再也沒看過他了。

那個年代，我們的寒暑假是充實而忙碌的。

暑假期間正好遇到農忙時期，那時候農業尚未完全機械化，許多農事都得依賴人工。水稻收割的場面相當浩大；輪到我家收割的時候。農人們一字排開站在稻田一端，沒有誰會發號施令，誰先準備好，誰便先下田。每個人一次須負責收割五行水稻，農人右手拿鐮刀左手一把將水稻緊握住，刀起刀落，水稻便被割了下來。站在田埂上看農人熟練而俐落的的動作，內心莫名的快感油然而起，感覺像古裝武俠劇裡；劊子手處決死刑犯般不留情面。一束束澄黃夾雜著翠綠的稻穗，一堆一堆躺在稻田中，再把這一堆堆的稻穗送到打穀機裡將黃澄澄的穀粒打落。

打穀機的構造相當簡單；外型類似賣蚵仔麵線的攤子，只是少了上方的棚架，棚架處以四枝竹棒插在打穀機四個角落，以紗網圍成一個ㄇ字型，目的是避免打落的穀粒四處噴濺，而空下來的一面留待給農人將一大束的水稻放入攪打的機器內。攪打的機器看起來像現在圓柱型的梳子，只是每一根梳毛變成以粗鐵線彎成的三角狀，當操作打穀機的農人接過稻束後，腳用力一踩，腳踩的速度跟著稻束數量多寡而增減。被攪落的穀粒會掉進如同沙漏般的容器內，待容器裝滿穀粒後，操作打穀機的農人必須用鏟子將穀粒剷出倒入米簍中，裝滿兩個米簍後，便會有專人將米簍挑至曬穀場。一般的農家習慣以家門前的庭院當作曬穀場，記得有一年，我家借不到曬穀場，爸爸把先前已收割的農地整平，除了要將水稻頭挖除外，更必須將水稻頭遺留的窟窿填平，這時，曬穀場的雛形已大致完成。但是，還必須得克服沙土和住穀粒的問題，爺爺會把牛糞加水攪拌後，一瓢一瓢舀出來，潑灑在平坦的地面上，如此藉著「牛糞水」的粘稠性將沙土固定，將來曬稻穀時，穀粒便不會與沙土混在一起了。稻穀一壟壟堆置在曬穀場上，曬稻穀的工作便完全交由母親了。

爸爸和爺爺忙著收割，我和哥哥忙著找尋躲藏在水稻間大隻的青蛙，順便檢拾還掛住些許穀粒的稻穗回家給雞鴨吃。即使看到大隻的青蛙，我們也抓不到，也不敢抓。不過，只要爸爸下田收割，黃昏便可看到他拎著大青蛙回家。聽說青蛙煮湯可以治癩痢病，不知道是不是因為吃青蛙的關係，我們兄弟腳上的爛瘡因此不藥而癒。收成後的稻田失去往日蒼翠的景象，留下行列整齊且呈枯黃的水稻頭，那時候，還有商人向農家收購稻草，平躺在田裡的稻穗曬乾後，爸爸會把所有的稻草分別綁成一綑一綑的，等待商人運走，賣剩的「草綑」便會在屋後以輪狀依序疊成斗笠般的形狀，做為一整年大灶生火用的材火及母豬生產時所必需的被褥與地毯。商人買走「草綑」之前，我們會利用草綑蓋成不同造型的房子，當成是我們的城堡及秘密基地，然後盡情的玩捉迷藏的遊戲。

夏蟬早已在枝頭棲息，不甘寂寞的向我們叫囂。為了捕捉夏蟬，我們會到雜貨店買一種用來粘蟑螂的紙，找來長長的竹竿，竹竿前端沾上些許粘蟑紙上黑色濃稠的黏液，在田埂邊的大樹下尋覓，高處的樹幹上便能發現夏蟬停留的蹤跡。此時，小心翼翼的舉起沾上黏液的竹竿瞄準蟬翼的位置，以迅雷不及掩耳的速度粘住蟬翼，一剎那間，被粘住的蟬大聲哀嚎，四周聲援的蟬鳴聲此起彼落。被捕的蟬大概因為驚嚇過度及蟬翼受損不能再飛了，連鳴叫聲都顯得無奈哀傷。

等我們玩膩了，那些蟬也已經奄奄一息，有的放水流，有的丟到田裡去。那些蟬為了取悅我們而犧牲性命，可是，我們依然年復一年玩著同樣虐待夏蟬的遊戲，沒有絲毫的罪惡感。

接近暑假尾聲，正是溪蝦肥美的時期，我們想到一種可以玩水。又可以捉蝦來滿足口腹之慾的遊戲；我們稱之為「搔蝦」。我們必須先到菜園裡扒土抓蚯蚓做釣餌，再到溪邊拔一根根不知名的長草，將長草末端的棉絮刮除後，像烤香腸前的動作般，長草尖端刺穿整隻蚯蚓，然後將長草最前端簡單打個結防止蚯蚓脫落。下水後，一手拿長草，一手拿著圓形的捕魚網。仔細找尋溪蝦可能藏匿的石縫，溪蝦喜歡躲在最接近水底的石縫中，把刺穿整隻蚯蚓的長草伸進石縫深處，用手腕輕微的力氣任意甩動長草，如果石縫中真的躲著溪蝦，便會感覺長草被外力抓緊的感覺，這時，要與溪蝦鬥智而不鬥力；也就是要欲擒故縱。慢慢的戲弄，要拿捏到不浪費釣餌又能把溪蝦引出洞口。握住長草的手要不停的抖動，才可以讓溪蝦誤以為蚯蚓是活的，當然，也必須讓溪蝦感覺到跟著蚯蚓走終會吃到蚯蚓的希望。有些餓昏了的溪蝦一見到蚯蚓便會以一對大螯緊緊夾住，有些較聰明的溪蝦會用大螯破壞長草尖端打結處將整隻蚯蚓夾走；因此，長草必須不停的抖動。等待溪蝦被引誘至洞口時，漁網必須放置在溪蝦的後方順勢將溪蝦撈起；如果溪蝦因驚嚇而想逃跑往後跳躍，恰好應聲入網。不過，並不是每個石縫中都會有溪蝦藏匿，長草伸入石縫裡搔弄大約十秒鐘後便可以判斷是否有獵物存在？我曾經在石縫中誘捕過一隻約二十公分長的鱔魚，也曾經誘捕過毛蟹。在那段溪蝦盛產的時節，經常可以吃到肥美的溪蝦。

期待每年的寒假，並不是期待農曆的過年而是期待農曆年後的元宵節！

元宵節的晚上，我們是不提市售燈籠的，幾乎每個人都會舉火把或者提著自製的罐頭燈籠、蘿蔔燈籠、紙燈籠。當天晚上，村莊裡每個男孩子，都會拿著屬於自己的照明器具，在村尾的雜貨店前廣場集合。準備前往陰暗的溪邊探險，傳說中，夜晚的溪邊常會有因溺水而身亡的孤魂野鬼在堤防上飄來飄去。也只有在元宵夜，大人們才願意讓我們如此放肆！夜晚的溪邊更顯得神秘恐怖，漆黑的夜景，雖然有微弱的月光與飄散的火把、燈籠相伴，仍顯得陰森駭人。特別是微風吹著沙丘上的菅芒草發出沙沙的聲音，就夠讓人毛骨悚然的。何況還要穿過一大片的菅芒草叢，那可需要多大的勇氣啊！仗著我們人多勢眾，彷彿今晚每個人都是抓鬼英雄，眾人齊吆喝大步邁開穿過菅芒草叢，稍有動靜就害怕眼前或身後出現怪手，其實我們倒希望真的看到孤魂野鬼。但是除了蟲鳴及飛蟲外，根本不見什麼孤魂野鬼。

過了草叢便來到溪邊乾涸的河床，一顆顆大小不一的石頭靜臥在河床上，微弱的月光、喧鬧的吵雜聲喚醒這些沉睡了一年的石頭，我們趕忙撿拾躲在石頭邊的漂流木，將木材集中在一堆，舉行一場屬於抓鬼英雄的元宵營火晚會。每個人將手上的火把往營火堆裡丟，慢慢的，木材點燃了，加上風勢的助長，火越來越大直到我們尖聲狂叫。熊熊火光照亮漆黑的溪谷，像是在陰暗的山洞中劃過一支火材棒那麼令人振奮。我們在火光中唱歌、跳舞、說鬼故事，今晚我們是放肆的精靈，可以盡情的嬉戲、隨意的吼叫。等營火只剩下奄奄一息的小火堆時，我們才願意離開！開心的夜晚醞釀胡鬧的青春；熱情的營火綻放歡樂的時光！

故鄉啊！埋藏我無盡的真實日記。

北上求學那年，我們那群死黨竟也分散了；我開始了漂泊的生活，住在學校的宿舍裡，雖然也有新的死黨，但總是缺少了故鄉的原味。我們開始學習長大；開始學會因升學而造成的勢利與疏離感。我童年的玩伴，也許有的跟我一樣成為漂泊的遊子，有的因為失去了共同的話題不再聯絡。我好希望所有經歷過的生活點滴永遠保存著，那些熟悉的笑容不會因成長而褪去。

故鄉的景物歷歷在目，思念故鄉的情愫不斷的在內心滋長。

《臺灣時報》2014.12.14~12.15連載

媽祖出巡的那一夜

「大甲媽」在台灣，就如同耶穌在世界各地一樣。

每年農曆三月，大甲媽祖便成為台灣人關注的焦點，不管是過去的「回娘家」或是現在的「繞境進香」；對大甲人來說，儘管到達的目的不一樣，內心對媽祖的崇拜敬仰卻是不變的；在這樣既簡單又夾帶著些複雜的情緒，也許是代天巡狩，也許是解救眾生苦難，也許不甘成為附屬品，也許在期待天威浩蕩、神威顯赫；其實這樣複雜的情緒蘊含著虛榮心與莫名的狂妄，在這混雜的情緒洪流中還得理出堅持而執著的關懷與愛。

從小，我跟著父母信奉媽祖，那時候，沒什麼特別的信仰觀念。高中聯考前一天，媽媽特地帶我到媽祖廟拜拜，那個晚上，我不停的看見媽祖在眼前晃現，在夢中，我可以清楚的看見媽祖慈祥的容顏；似曾相識的感覺，就像媽媽鼓勵我的神情般，那樣的堅定而和藹。不知道是不是媽祖的保佑？我真的考上第一志願，往後的求學、就業、結婚等人生重要課題，都是媽祖給了我明確的目標。為了報答媽祖適時的指點之恩，每年農曆三月，媽祖繞境前一天夜裡，我總會擠到人群裡，恭送大甲媽祖出城。

農曆春節過後，屬於大甲人的熱情與興奮，在每個人的心頭悸動。忙著到媽祖廟裡安太歲，點光明燈，祈求插秧期的雨水，尤其更關心廟裡執事者，在元宵過後，擲筊請示媽祖繞境進香的日子。等繞境進香的日子確定後，村子裡各式各樣的陣頭便開始排練，期望在媽祖面前做一場完美的演出。家家戶戶放在神桌前的令旗，都會拿到媽祖廟的香爐前「過火」，媽祖把一整年的愛與祝福，儲存在這隻令旗上，讓信徒內心充滿踏實與平順。來年，信徒再次以虔誠的心意，回到媽祖面前，感謝媽祖的愛與祝福。類似鮭魚返鄉的堅定信念，拉近了媽祖與信徒間的距離，因為媽祖，讓異鄉的遊子對故鄉眷戀的心凝聚得更緊密！

大甲媽祖繞境進香的前一天下午，我費盡一番功夫才擠進廟前的廣場，在接近媽祖神轎行經的路線中，佔住一個可以最貼近媽祖的位置。廟前四周的至高點上，盡是電視媒體的轉播臺，只有在此刻，我才能清楚看見新聞主播的真面目。這幾年，臺中市（昔為臺中縣）

政府主辦的媽祖文化節系列活動，透過媒體報導，把大甲媽祖繞境進香活動，完整且真實的呈現在國人面前，大甲小鎮也因為媽祖的名聲而遠播。來自大甲、外埔、大安、后里等鄉鎮的陣頭，在廟前的廣場依序演出，也為午夜的繞境活動揭開序幕。

夜裡，媽祖廟的周圍早已萬頭鑽動，整個大甲的街道車水馬龍，每個人的目的都一樣；只為恭送媽祖出大甲城。越接近午夜，人潮越洶湧，只見人手一支令旗一柱清香，不斷的探頭仰望，期盼窺見媽祖神轎的蹤影。數萬點的火光閃爍，彷彿晴朗夜空裡的繁星點點，交織成綿密的火網，連平日驕傲自大的霓虹燈都顯得羞澀靦腆。鑼鼓聲、鞭炮聲差點被被沸騰的人聲淹沒，喧闐囂鬧的聲音似洪水般在大街小巷流竄，整座大甲城被火光及喧鬧聲點綴得更熱鬧繽紛。

這一夜，屬於媽祖的信徒；屬於大甲人的榮耀，寄託在鞭炮裊裊升空的塵煙之中，隨著縷縷香煙向眼前的媽祖訴說心中的願望。這一夜，沒有人會捨得離開，更不會有人暫時闔上雙眼。我墊著腳尖佇立在人群中，隨著人潮波動，時而向前；時而退後。接近清明時節，厚重的雲層在天空中堆積，像極了即將撐破的水球，快要爆出水柱一樣，卻怎麼也不見雲層轉換成雨水，天氣可悶得令人難受。皮膚上總感覺濕黏，汗水在手臂上凝結成一顆顆的珍珠，不經意的甩甩手，仔細諦聽汗珠掉落在地面上鏗鏘的聲音。燥熱的空氣中瀰漫著汗水的氣味，燃放鞭炮及燃燒金紙後的刺鼻味，手中清香的香煙味，整夜，嗅聞雜陳的氣味，感覺身體內的汗水從數萬個的毛細孔內噴濺出來。無論週遭的環境多麼惡劣，想到媽祖慈祥和藹的神情，在惡臭的空氣中，也要勉強抽出一絲絲淡淡的清香。

近午夜十二點，廟內鐘鼓齊鳴，煙火再度把高空炸得明亮，青春的熱情不斷的在高空中綻放閃爍的花朵。連珠炮震得滿天響，廟前的人潮緩緩蠕動，隱約可見神轎在黑丫丫的人群中刷出一條通道，神轎通過後，窄小的通道馬上又癒合成一塊黑絨。當神轎接近時，人群一陣騷動好比數萬個蜂甬不停的律動爭相破繭而出，只為爭睹神轎的莊嚴。當神轎經過眼前，手捻清香默默祝禱，希望獲得媽祖庇祐，希望媽祖協助自己的心願順利達成。

我鑽過一道道人牆，躲過交織閃爍的火網，好不容易可以擠到神轎旁，跟著神轎慢慢移動。沒有人願意停下腳步，浩蕩的的人群，推擠著神轎緩緩蠕動，像一條潛行在大地的巨龍。我被人群推擠著，即使互相推擠，卻沒有人會露出生氣的表情。經過漫長的時間，媽祖的神轎終於擠出了廟門外，閃光燈此起彼落，在一大片黑絨襯托下，顯得更奪目耀眼。街道旁的騎樓，被信徒佔據了，連馬路也完全被填滿。負責指揮交通的義警，不斷的吹哨，指揮人群向後退，光是後退的動作就要持續好一陣子。神轎旁負責保全的義工，奮力的拉起一條防線，硬是阻擋住洶湧澎湃的人潮。鑼鼓聲、鞭炮聲持續在耳邊迴盪，數不清的聲音，烙印在地面上，手上的清香，不知換了多少支，我躲在人群裡，跟著神轎向前移動。

不知過了多久，終於來到代表城內外分界線的水尾橋，神轎像一盞海上的明燈，引領千萬名信徒走出大甲城，萬點火光下的人潮，靜靜的駐足在橋頭，直到神轎的身影被城外的黑夜吞噬。

《臺灣時報》2014.12.21~12.22連載

小說

客婆仔

發財車行駛在顛簸的石子路，搖搖晃晃的節奏讓阿罔嬸的眉頭鎖得更緊了。六、七個村婦擠在發財車的後車廂，她們要趕到鄰村阿土伯的芋田裡採收這一季的芋頭。

多事的月娥早察覺阿罔嬸怪異的神情，便故意提高嗓門問：「罔嬸仔，你實在真好命！下個月，第二個兒子就要娶某了。」

「對啊！罔嬸仔是咱莊內的博士母仔。」春枝在一旁搭腔。

阿罔嬸來自山腳下的客家莊，剛嫁到這個閩南人的村莊時，村人不知道她的名字，只知道她是客家人，便以「客婆仔」稱呼她。時間久了，客婆仔也就成了她的代名詞。前年，她第二個兒子從國外拿到博士學位回國當教授後，慢慢的，也開始有人喜歡稱她「博士母仔」。

「唉！你們不知道啦。」阿罔嬸輕嘆一口氣，眼裡閃爍著淚光，她還故意把斗笠壓得低低的。

秋月嬸急著追問：

「罔仔，你到底是怎麼了？」秋月嬸是阿罔嬸少女時代的好朋友，這麼多年來，雖然各自嫁到不同的村莊，但彼此間的情誼卻從未改變。

一開始，阿罔嬸還是默不作聲，等她抬起頭，眾人的目光全投注在她的身上。那種想得到答案的神情，讓她哽咽的娓娓道來。阿罔嬸把昨天早上和大媳婦爭執的情形一股腦兒的說了出來：她的大媳婦要求搬出去住，等她老二結婚後便立刻搬。阿罔嬸想起以前被婆婆虐待的那段日子，只要鄰人問起，她也只是默默的掉淚什麼也不敢多說。五年前，她升格當了婆婆後，對媳婦可一點兒也不敢怠慢，每天晚睡早起，就怕兒媳不願和她同住。不過，面對眾人時，她可是技巧的保留許多不該說的話。

車子到達芋田後，一行人匆匆忙忙下車，阿罔嬸機械性地採掘一顆顆成熟的芋頭，腦海中卻浮現昨天早上的一幕幕……

「阿惠，妳是到那裡去？妳女兒發高燒，一直吵著要找妳。」阿罔嬸被孫女吵了一整天，一見到媳婦回家便發起牢騷來。

「怎麼樣！我連下班後到同事家坐坐都不行嗎？」阿惠像吃了炸藥似的不甘示弱的回嘴，摩托車還來不及熄火，匆匆抱起女兒往前座塞，跨上摩托車拋出一句話：「妳如果不想帶小孩就不要帶！別在那裡碎碎唸。」

阿罔嬸像被人以利刃刺進心臟般的痛苦不堪，她愣在庭院中許久。她問自己：到底什麼地方做錯了？這些年來，她可是真心的把媳婦當成女兒般看待，為了帶孫女，她把工廠的工作辭掉，家裡也少了一份收入，也從未要求媳婦煮一頓飯，連自己和丈夫的衣服也是自己洗的。在她當媳婦的年代，所有的家事可是一手包，只要婆婆不罵人就覺得幸福了，怎麼敢要求婆婆幫忙啊。當了婆婆後，她總是戰戰兢兢的過日子，怕媳婦嫌她囉嗦，怕兒子誤解她，怕鄰居說她壞婆婆。對媳婦付出這麼多心血，她怎麼能不心痛呢？想到這裡，眼淚便不聽使喚了，就如同當年被婆婆責罵受委屈的感受一樣。

晚飯前，她兒子火順一進門便急著問：「阿母，阿惠和妹妹呢？」

她故意把頭壓低像做錯事的小孩一樣。

「妹妹發高燒，阿惠帶她去看醫生。」她勉強從嘴裡吐出這些字來，雙手忙著翻攪鍋子裡的菜。

「阿母，妳怎麼哭了？」火順察覺到她留在眼角的眼淚。

「沒有啦，被油煙燻的。」她不停的揉著雙眼想掩飾流淚的事實。

「是嗎？妳可不要騙我。」火順轉過身便上樓洗澡了。

晚飯後，客廳異常的寂靜，誰也不願開口先說話。生病的妹妹早已睡著，阿罔嬸也藉口身體不適上床休息，整個客廳只剩下電視機的聲音。火順首先打破沉默問說：「妹妹有沒有好一點了？」坐在一旁的阿惠敷衍了事的點點頭。

「阿爸，阿母是怎麼了？」火順接著問。

「我剛到家，怎麼會知道？我問問看。」木水伯把煙捻熄，起身走進房裡。

阿罔嬸假裝睡得很沉，故意不理她的丈夫。一向粗心的木水伯還真的以為自己的老婆已經睡著了。

此時，客廳的空氣像凝固的冰塊般沉重，沙發上像插滿了一根又一根的細針，一刻也坐不住。等到燈光滅了，凝固的冰塊才悄悄的溶化。

隔天一早，阿罔嬸一如往常地站在大灶前生火準備早餐，然後叫醒兒子、媳婦和孫女。她努力的想忘記昨天發生的不愉快，心裡卻掛念著媳婦所說的每一句話。

「阿媽！阿媽！」她的孫女邊跑邊叫。

「乖！妹妹，妳要喝牛奶還是要吃稀飯？」她抱住孫女輕聲問道。

妹妹搖搖頭把她抱得更緊了。

「妹妹，媽媽叫妳跟阿媽說什麼？」阿惠跟著妹妹後面走過來。

妹妹抬起頭看看阿惠，然後跟她說：「阿媽，我和爸爸、媽媽要搬出去外面住，這裡讓妳和阿公住。」

阿罔嬸跌坐在地上，淚水在她的眼眶裡打轉，她失望透了，一手帶大的孫女竟然會說出這樣的話來。她側過頭看看兒子和媳婦，她恨他們太絕情。

「火順，你說！你們到底是想怎麼樣？」她吃力地站起來大聲咆哮。

妹妹嚇得躲到阿惠身後放聲大哭。憨厚的火順低著頭不敢吭聲。

阿惠毫不客氣的對他說：「妳既然嫌我不好，就讓我們搬出去住啊。」

「我什麼時候嫌過妳？我對妳不好嗎？」

「妳對我多好？妳在阿杏姨婆那兒說我三八假賢慧，在美珍那兒說我懶惰，在老人會那兒說我不知道三從四德，妳把我說得一無是處。」阿惠發瘋似的大叫。

阿罔嬸被一連串的質問嚇得全身不停的顫抖，她想不出任何為自己辯駁的理由，她只是搖頭，任眼淚從臉頰滑下。躲到阿惠身後的妹妹哭得更大聲了。

「阿媽……妳不要哭啦。」妹妹邊哭邊說。

她用力推開阿惠，一把抱住自己的孫女喃喃自語：「孫女還給我！孫女還給我！要搬你們自己搬。」

火順轉過身去，偷偷地擦拭留在鼻頭上的眼淚。從小到大，媽媽一直都是他背後支撐的力量。小時候，一場大病後，他的耳朵變得有些重聽，在學校被同學欺負與嘲弄，他總會在媽媽面前哭訴。雖然，媽媽不會說許多安慰的話，但至少會陪伴他一起流淚。那個時候，他總認為只有媽媽才是真正愛他的。婚後，媽媽依舊如往常一樣照顧著他、妻子和女兒。然而，他卻變得只在乎妻子的感受，從不考慮媽媽的立場。

阿惠雙手環抱胸前，兩眼睜得斗大，瞪著丈夫和女兒。她氣丈夫太懦弱，更氣女兒和丈夫在婆婆面前公然的背叛她。她發狂似的把女兒抓到身邊，大叫道：「妹妹，過來！」女兒受到這樣的驚嚇，哭得歇斯底里。

阿罔嬸想站起來，卻莫名其妙的跌坐在地上，她靜靜看著孫女惹人憐惜的模樣，然後便不停的啜泣。

不知道過了多久，庭院傳來摩托車陣陣的引擎聲……

木水伯沾滿泥土的雙手還來不及洗，便衝進屋內劈頭大罵：

「幹你娘！你家死人啊！大清早，你們是在哭什麼？」

面對公公的先發制人，阿惠並不敢吭聲，她其實也害怕公公火爆的脾氣，她把火順推向前示意他開口。木水伯早等不及，賞了火順一巴掌，怒氣沖沖的說：「幹！男子漢大丈夫，不要畏畏縮縮。火順，你說，到底發生什麼事？」

「阿爸！你打火順做什麼？」阿惠再也按捺不住心中的怒火。

「妳是在說什麼話？我自己的兒子，我不能打？妳再囂張，我連妳一起打。」

木水伯咬牙切齒，緊緊的握住拳頭。

「好啦！就算你要把我打死，我也要說，我們要搬出去住啦。不管你答不答應，我們都要搬！」阿惠豁出去了。

「啊！妳……」木水伯緊抓住胸前的衣服，激動得把鈕釦都扯了下來。

「木水啊！你不要答應她啦，我捨不得我的孫女離開這個家。」阿罔嬸跪倒在丈夫面前苦苦哀求，火順見狀也跪了下來，阿惠故意側過身去。

「唉！好啦。」木水伯猛搖頭無奈的說。

這時候，阿罔嬸放聲大哭，哭得死去活來。火順趕緊把母親扶起來坐在沙發上休息。

「阿惠，妳要搬出去可以，可是，妳得答應我兩個條件：第一、等妳小叔仔下個月結婚後才搬，第二、我借火順買卡車的錢拿出來給妳小叔仔娶新娘。」木水伯心平氣和的把話說完。

「阿爸，第一個條件沒問題，可是第二個……」阿惠想了一會兒。

「怎麼樣？妳說，沒有關係。」木水伯點起一根煙。

「阿爸，你也知道，火順自國中畢業後所賺的錢全部都交給你，到現在還是這樣。小叔仔能夠讀到博士，也是火順幫忙賺錢供他讀的。你實在太偏心了，只想到小叔仔，沒有想過火順。你當長輩的人，這樣對嗎？」阿惠鼓起勇氣把藏在心裡多年的話全說出來。

「阿惠，不要再說了！」

火順想阻止她，卻感到力不從心。

阿罔嬸也搭腔：「阿惠啊，妳說話就要憑良心，人在做，天在看。自從妳嫁到我們家來，我們兩個老的對妳不好嗎？做人媳婦應該做的事，妳都做了嗎？家裡的工作怕妳做不來；田裡的事怕妳不會做。」

木水伯不讓媳婦有任何辯駁的機會，接著又說：「當初火順要娶妳的時候，光是聘金就花了三十六萬，餅錢、金仔、辦桌和雜七雜八的花費何止五十萬啊！這些錢有三十萬是向妳阿姑借的。我承認，火順賺了不少錢，可是，他名下有一分農地，妳小叔仔有嗎？」

阿惠低著頭不敢再說什麼。

「妳要想想看，這幾年來有沒有要求妳煮飯給我們吃，遇到『冬頭』，也不敢叫妳幫忙。我以前若是這樣，早被公婆罵得臭頭了。」阿罔嬸趁機抱怨道。

「阿公，你不要罵媽媽啦。」在一旁哭哭啼啼的妹妹突然迸出這句話來。

木水伯心疼的摸摸孫女的頭。

「可是，阿爸，你知道小叔仔出國留學所花的錢比那二分地的價值多好幾倍。」阿惠打破沉默說。

木水伯夫婦被媳婦的話震怒了，木水伯罵到嘴邊的粗話又吞嚥回去。平心而論媳婦的話不無道理，這些年來，他的確被老二的學費、生活費追得團團轉，原本就捉襟見肘的家，也因為老二出國留學顯得更加困窘。村人常以「博士爸」來恭維他，但「博士爸」背後的辛酸苦楚，只有他們夫婦倆能夠體會。念頭一閃，他反射性的說：「我栽培自己的兒子有錯嗎？要花多少錢也不關妳的事。」

「又沒花過妳的錢，妳有資格反彈嗎？我和妳公公也商量過，將來要把所有的田地和這間樓仔厝過戶給火順，我們做父母的人不敢大小眼。」阿罔嬸回應媳婦的話，希望她能理解為人父母的苦心。

「不必！為了要你們的田地和房屋，我不就要照顧你們到年老？為什麼小叔仔可以住在外面樂逍遙，這樣公平嗎？」阿惠回嘴說。

「幹！好！妳今天說這種話，我們也沒什麼好談了。『草繩長長，拖阿公也拖阿爸』，我睜大眼睛看妳有什麼好下場？等妳小叔仔結婚後，妳就給我死出去，五十萬也不必還了。」木水伯氣急敗壞的指著媳婦鼻子罵。

阿罔嬸痛心的哭著說；「從今天開始，妹妹給妳自己帶。我出去採芋頭幫忙賺錢，從今以後，我們婆媳井水不犯河水。」

火順撲的應聲跪倒在他們跟前，放聲大哭說：「阿爸！阿母！你們不要生氣啦，我不會離開你們的。」

木水伯臉上帶著落寞走出家門，發動摩托車揚長而去。

「罔仔，吃飯啦。博士母仔，吃飯啦。」

芋田那一頭傳來聲聲催促阿罔嬸吃飯的聲音。

熟悉的聲音把她的思緒拉回以前婆婆在世的時候，婆婆對她動輒得咎，稍有不如婆婆的意，不是打就是罵。那種提心吊膽的日子，她實在過怕了！這兩天，她彷彿又回到以前和婆婆生活的日子。

秋月嬸遠遠的向她走來，緊緊的抱住她。看她失魂落魄的樣子，不禁紅了眼眶：

「罔仔啊！好了啦，想開點別難過了。」

「不值得啦！不值得啦！以前，怕婆婆怕得要死。現在，自己當了婆婆，卻也怕媳婦怕得要死。唉！這是什麼世界啊！」阿罔嬸搖搖頭長吁了一口氣。

秋月嬸把她抱得更緊了，相當有默契的一起痛哭失聲。

眼前一株株的芋頭被風吹得抬不起頭來。

《臺灣時報》2012.12.13~12.17連載

真愛

初秋，被風捲起的落葉隨處亂竄，和煦的陽光讓阿春僵硬的身子，變得柔軟些了。午後時光，阿春的丈夫精挑細選的外籍看護瑪莉，和往常一樣，推著她到公園來曬太陽，順便聽聽人聲、鳥聲。阿春臉上沒什麼特別的表情，死沉沉的蒼白臉色，並沒有因為陽光而稍顯紅潤。她吃力的用腳去搆地上的落葉，齜牙裂嘴的樣子，臉部像被扭曲的氣球般，卻怎麼也搆不到落葉。瑪莉站在輪椅後方，低著頭玩手機，似乎也沒有察覺到阿春的舉動。

「瑪…莉」阿春吃力的從嘴邊吐出這兩個字來。

「啊！姊姊，什麼事？」瑪莉用不太流暢且濃厚的外籍腔調的國語問。

阿春緩緩地舉起手，比劃著地上的落葉，她心裡想的是要拿起輪椅周遭的一片落葉，光是這個想法，就讓瑪莉摸不著頭緒了。

埋藏在她心裡多年的秘密，就是從這一片落葉開始……

那一年，她還正為了丈夫遠赴中國經營事業籌措資金的事煩惱著，未料，她把住家拿去貸款後，給了丈夫資金，卻給了自己一條不歸路。她始終相信丈夫對婚姻的忠誠，不會因分隔兩地而有所改變。直到那年的農曆春節，本應是全家團圓歡樂的時光，女兒趁丈夫熟睡時，把玩手機，發現一個身上僅穿內衣的陌生女子，女兒偷偷的拿給她看，還天真的告訴她，她遍尋不著的項鍊就在那名女子的脖子上。霎時，她沒有哭鬧，接過手機，拿去給婆婆看，婆婆看了後，不斷安撫她，也給她承諾，絕對不會承認那個外面的女人。她也相信婆婆私底下必定跟丈夫說了這件事，她比較無法接受的是丈夫一點歉疚都沒有，從此以後，離她更遠了。只有在需要資金時，她才能稍微感受到丈夫對她的一絲關愛。

面對丈夫外遇，阿春縱然感到意外，但也無太大的打擊，分隔兩地習慣了，只知道還有個丈夫在中國，一年只見個兩三次面，即便見面也沒有大多的激情。她早已習慣沒有丈夫在身旁的日子，她的希望是孩子，她的責任是照顧公婆。

外遇事件後，她就跟往常一樣，準備晚餐前，習慣到這個公園來逛逛，跟鄰居閒話家常，當然她也懂得家醜不外揚的道理，絕口不提丈夫的事情。那一天，她呆坐在公園遊戲器材的矮凳上，遠遠的一個中年男子向她走過來，那個男人像極了她的大哥，微凸的小腹，黝黑的皮膚，談不上帥氣，只是親切的感覺，就夠讓她心跳加快了。那個男人慌張的跑過來問她：「對不起！小姐，請問○○國小往哪個方向走?」她還來不及享受「小姐」這個稱號，便跟著那個男人匆忙的語氣回答他，那個男人得到答案後匆忙離開了。望著孰悉的背影，她心想那個男人不知有什麼急事?她幻想著丈夫的形象，想著想著，那個男人就變成她的丈夫了。

從此以後，她開始比以前更期待午後時光了，每天吃過午餐稍作休息後，她便起身到公園來，期盼可以再見到那個孰悉的身影。只是，日復一日的期盼都落空，就像她默默的等待丈夫回國團聚的願望。中秋節前一天午後，她依然坐在矮凳上，看著公園裡的人來人往，看得入神，耳邊傳來男人的聲音：「小姐，謝謝您！」。她抬起頭看著男人。

「謝什麼?」她本能地反問。

她知道眼前的男人正是上次那個問路的男人，只是少了匆忙的神情。

「上次，我有向您問過路，你還記得嗎？」男人嘴角稍上揚。

「喔！你有順利找到學校嗎？」她故作冷靜，其實內心正澎湃著。她知道男人是她到公園期待的目標，現在就出現在她眼前，但又必須矜持，以免被公園裡的鄰居閒言閒語。

「我可以坐下來跟你聊一下嗎？」那男人微笑著。

阿春點點頭。

約莫過了一個鐘頭，陽光已變嫣紅色，照在地面上的落葉，落葉看起來閃閃發亮，像鍍了一層的黃金。那個男人不停地看錶，臉上呈現匆忙的神情，阿春體貼地告訴他：「你忙的話，趕快走吧！」如同她叮嚀偶爾回國的丈夫。

那男人彎下腰，隨手撿了一片落葉，從上衣口袋抽出筆來，在落葉上寫下了一堆數字，然後，將落葉拿給她。

「這是我的電話，如果你有空願意找我聊天的話，可以打電話給我。」那男人說完，立刻起身離開。

阿春嬌羞的低下頭來，不知該說什麼才好？這情景似曾相識。

她高中初戀的男友，也曾經在走廊上塞了一張紙條給她，想著想著，只覺滿臉熱脹了，心跳得更快了。她緊握住那片落葉，看著那些數字，牢牢的記住數字的順序。

回到家，她小心翼翼的把落葉藏在梳妝台的抽屜裡，怕被孩子看到，更怕被公婆看到。怕破壞了她一直以來好媽媽及好媳婦的形象，她問自己是不是也外遇了？至少是精神上的外遇。那個夜裡，她翻來覆去，也給了自己答案：「這不算外遇，因為沒有親密的肉體接觸，也對得起孩子和公婆。」

秋冬更迭的午後，陽光少露臉了，公園裡的落葉鋪滿了遊戲區的橡膠軟墊，她無心的踢著那些落葉，窸窣的聲音，催化了她寂寞孤單的內心。她就像落葉般，從不被丈夫注意與關愛，有時她甚至懷疑自己只是傳宗接代的工具，照顧公婆的傭人而已。一陣風輕拂她的臉龐，正巧一片落葉不偏不倚的掉在她才剛燙好的頭髮上，隨手拿下落葉，眼前卻浮上那個熟悉的身影。該不該打個電話給那個男人呢？跟他聊一下應該沒有關係吧？這不是外遇？只是單純的朋友而已，阿春不斷的說服自己。

「喂……是……我。」阿春帶著顫抖的聲音。

「喔，我等妳的電話等好久了，以為妳不理我了，害我連公園都不敢去。」那個男人的語氣高亢且興奮。

「喔，沒什麼事，只是跟你閒聊一下。」

阿春孀原本的矜持，被男人熱情的聲音融化了，聊了好一陣子。

男人終於提出這樣的要求：「可以帶妳去海邊吹吹風嗎？」

她愣住了，怎麼又是海邊，那是她獻出初吻的地方，緊握住手機，感覺手心不斷的冒汗，她點點頭卻說不出話來……

「喂……可以嗎？可…以…嗎？明天早上，我去載妳！」那男人的聲音，由遲疑轉而肯定。

「嗯！」阿春羞赧的回答。

隔天一大早，阿春送完了孩子上學，便開始化妝，挑了件許久未穿的洋裝，就像初戀般的甜蜜滋味。走出家門，她的腳步愉快而輕盈，穿過孰悉的公園，來到約定的街口，那個男人早將車停在路旁，下了車，為阿春開車門。從來都是她服侍公婆、丈夫與孩子，這麼多年來，未曾有被寵愛的感覺，這一刻，她的內心甜滋滋的，閉上眼，擠出一滴感動的淚珠。

一路上，阿春和那個男人聊得愉快，就像認識許久的老朋友般無話不談，好久好久不曾單獨跟丈夫以外的男人共處在一個密閉的空間裡，她打從心底的不自在，早被輕鬆的聊天氣氛沖淡了。到了海邊，她和那個男人走上防波堤，看著海浪起伏拍打岸邊的消波塊，就差沒有手牽手，她與初戀男友也曾經有過這樣甜蜜的情景。離開海邊，已經接近中午了，那個男人提議找個只有他們兩個人的地方坐下來休息一下，並藉機握了她的手，她沒有拒絕，反而覺得踏實許多。

「我們去買些零食和麵包，找個汽車旅館喝啤酒，敢不敢？好不好？」那個男人的語氣輕鬆且帶著試探。

阿春遲疑了，心想喝啤酒應該找啤酒屋，幹嘛去汽車旅館呢？身旁的男人到底想幹嘛？她也會害怕，萬一出軌了，豈不壞了自己的名聲，不過這段時間的互動，她相信那男人應該不會侵犯她，只是想找個地方獨處而已。她深吸一口氣，點點頭。那男人臉上一抹淺笑，隨即在便利商店前停了下來，進去買了幾瓶啤酒和一些零食、麵包，隨即沿路找了一家汽車旅館，那個男人小心翼翼的停好車，很快的下車，先關上車庫的鐵捲門，走到副駕駛座旁為阿春開車門。

走進房間，阿春習慣的打開一包包的零食，打開了啤酒，就像在家裡服侍所有人一樣，她也習慣了傭人的角色。那個男人毫不客氣的拿起啤酒猛灌，就像慶祝什麼似的。阿春習慣的燒開水，準備泡茶當解酒用。當她撕開茶包的剎那，那男人從背後環抱住她的腰，她嚇得微微顫抖，嬌嗔的問男人：「真的還是假的？」，阿春心想豁出去了，守活寡那麼久，她也不想要什麼貞節牌坊。盡心盡力的服侍公婆和孩子，也算仁至義盡了，就算出軌一次，也不算對不起他們啊。

「真的，真的，當然是真的。」那個男人堅定的回答，並在她的耳邊吹氣。

阿春感受到男人的熱情，轉過身來，初吻般的情景再度浮現，男人吻了她的額頭、臉頰，最終停留在她的雙唇，雙手在她身上游移……

阿春使勁的搆地面的落葉，瑪莉依舊玩她的手機，眼前模糊又熟悉的身影出現了，那黝黑結實的手掌輕握住一片落葉，放在她的大腿上。

「你…要…做什麼？」瑪莉追問那個男人。

那個男人揮揮手，然後匆忙的離開她的視線，消失在公園的角落。

《臺灣時報》2012.11.27~11.29連載

家管課長

將最後一包文件夾塞入紙箱內，臨走前，偶然瞥見淨躺在桌底下的薪津清單。以往，我是不在乎這點薪水的；我蹲下來仔細端詳好久，咦！這個月薪水怎麼多出好幾倍來？看清楚細目才知道遣散費金額比薪水所得要多出許多，原本習慣揉掉薪津清單，今天，我卻捨不得這樣做，這次，是我最後一次領公司的薪水了。我把清單上的灰塵吹掉，擺進皮夾裡。幾年前，光是公司股利分紅加上年終獎金便有近三百萬元的收入了。曾經與妻捧著大筆現金買下桃園一幢別墅，那時可風光了，除了夫妻總收入外，每個月在股海廝殺的成果，足夠讓鄉下的老爸整年農作收成的總數。

當年，我頂著知名大學電機碩士的光環進入這家電腦公司，從基層的研發員、工程師到現在的研發課長，我可是努力過的；市面上的電腦軟體有近三成是我的心血結晶。而今，我只是一個失業的勞工。我彷彿在一棵滿是翠綠的大樹上，被微風不經意吹落地面的一片枯葉而已。回到家，妻問我今後有什麼打算？我答：多寄幾張履歷表到別家公司試試吧！心想還好，妻待的銀行暫時還不會倒閉。失業後的一星期內，我嘗試到園區內其他電腦公司應徵，得到的答案大致一樣；等公司通知面試。本以為憑自己的學經歷，會有哪家公司不用我呢。等通知的日子裡，無聊到連報紙上的分類廣告都一字一字的讀完，偶爾漫無目的得到街上閒晃。等待的日子久了；我的心開始荒了，別人是中年失業，又沒有其他專長；我可是青年失業，更是社會大眾眼中的電子新貴啊！我是耐不住無聊的，心想反正等待的日子總是不確定的，乾脆在家認份的帶小孩，整理家務吧！跟妻商量過我的想法後，把保母辭退了，當作自己的職業是孩子的保母。

大兒子讀幼稚園中班，小兒子剛滿九個月。當保母第一天，我右手抱一個，左手牽一個，穿過幾條巷道，送大兒子到幼稚園讀書。妻無法同行，這樣的工作看似熟悉，卻顯得孤單無助。就像其他的家庭主婦般，我開始學習一天的柴米油鹽醬醋茶的工作，找到公車站牌，重新學習如何搭公車。小兒子倒也相當合作，大概是對搭公車感到好奇與新鮮，趴在我的胸前四處張望，像在尋找什麼似的。約莫過了四、五站，抱起小兒子下車，直奔菜市場，心裡浮現近鄉情卻的尷尬。失業前，曾經利用假日與妻逛菜市場，那時的心境非常輕鬆，也沒有任何壓力，只需要負責幫妻提菜，妻想買什麼就買什麼，跟我毫無任何關係。但是，今天不一樣了，我得負責一切採買的工作，這是一項陌生且艱鉅的任務。不知怎麼搞的，菜市場變成一座大型的迷宮，不管怎麼找，就是找不到熟悉的攤位。

心裡盤算著：妻喜歡吃新鮮的鱸魚，大兒子喜歡吃草蝦，我大概只有一個活著就是新鮮的概念。有魚蝦，總得要有肉、青菜，買了一斤豬肉，一斤排骨，一顆蘿蔔，一把空心菜，一瓶米酒，一袋蒜頭，一塊老薑，幾枝青蒜。光是採買這些材料，就得逛上好幾個攤子，我不得不佩服自己，把晚上要準備的菜色全買齊了。這些年來，妻常煮的菜，我都一清二楚，就連材料也可以大致符合菜色的需求。不過，讓我感到不習慣的是旁人異樣的眼光，一個大男人抱一個小孩逛菜市場。我心裡想：他們大概對我肅然起敬吧，一個新好男人出現在傳統的市場裡，值得驕傲！值得喝采！第一天是喝采，第二天是讚嘆，第三天是崇拜，一個月後，他們會有什麼看法呢？我實在很難想像！我是可以接受男人做家事的觀念，但屬於男人的沙文想法卻不斷從內心湧現；從旁人炯炯的眼神裡迸裂出來。右手抱小孩；左手提菜，感覺今天的菜特別重，菜市場的人聲鼎沸依舊。

走到公車站牌下等車，小兒子耐不住飢餓，開始哭鬧。過了一陣子，公車來了，吃力的擠上公車，一個年輕的小姐向我招手示意要讓位給我，我覺得有點好笑；年輕人讓位給年輕人。說也奇怪，小兒子一上公車竟不哭鬧了，大概是有太多陌生的眼神望著他。我把手上的菜放在兩腳之間的地板上，讓小兒子可以輕鬆的趴在我的胸前，第一次獨自抱著小孩逛菜市場，唉！真是難受啊！腦海中倏地閃過一個念頭：我不該抱怨，這是我目前唯一的工作。在這個封閉且移動的空間裡，每個人都面無表情，對照窗外熙嚷的車輛更顯冷漠。幸運地，我還有熟悉的兒子相伴。

一回到家，我把手上提的菜堆置在餐桌上，整個早上的負擔終於解脫了。讓小兒子自己坐學步車，將消毒鍋中的奶瓶拿出來，先倒冷開水再倒熱開水，看看奶瓶內開水的刻度差不多了，再試喝看看水溫是否恰到好處，然後小心翼翼舀起一匙又一匙的奶粉倒進奶瓶內，最後再埔上一匙麥粉，栓緊奶瓶蓋，使勁的上下左右搖晃直到奶粉看似完全溶化為止。從學步車裡，一把抓起小兒子，當他看到我手上的牛奶時，綻放出屬於嬰兒純真的笑容。我讓他半躺半臥在我懷裡，將對折好的面紙塞進他的脖子下方，把奶嘴塞進他的嘴裡，他與生俱來的本能；規律且不停的吮吸著。他大概是餓極了，沒多久，便把牛奶全吸完。我抱起他，讓他趴在我的肩膀上，然後輕輕拍他的背直到打嗝，他就趴在我的肩膀上睡著了。我躡手躡腳的將他抱進圍著欄杆的小床，深怕一點點聲響便吵醒他。

暫時擺脫小兒子的糾纏後，已近中午時分，我把早餐吃剩的土司麵包當成中餐，咬一口麵包在嘴裡咀嚼，麵包的味道愈嚼愈甜美。其實，我真正的想法是不願浪費食物；不願對不起自己的胃而已。妻打電話回來關心我照顧兒子的情況，她大概對我沒有足夠的信心，我把今天早上所有的經過說了一遍。她大概怕我心裡不平衡，刻意問我要買哪一支股票才會漲？我淡淡的回答說：先觀望吧！掛了電話，趕忙進廚房，把剛才買的菜稍作整理分類；豬肉和排骨先放在大鍋子裡，打開水龍頭，讓清水沖刷掉血水，挑出一塊塊清洗，把黏附在上頭的肥油及雜質洗乾淨。另外燒開一鍋水，將洗淨的豬肉和排骨放入熱水中汆燙過撈起，再打開水龍頭，用冷水不斷的沖刷，除了讓豬肉變得結實外，也順便再次洗掉雜質。將完全洗淨的豬肉放進沙鍋中，打開瓦斯爐以中火慢炒，一方面拿出適量的蒜頭拍碎丟入沙鍋中拌炒，待炒出蒜頭和豬肉的香味後，倒入整瓶米酒和適量的醬油，而後蓋緊鍋蓋將瓦斯關至小火，燉滷約一小時後便可大功告成。另外將洗淨的排骨放入盛滿水的鍋中，開大火將水煮沸，關小火熬煮成高湯備用，將蘿蔔削皮切塊裝入保鮮袋中備用。拿出空心菜洗淨後泡在盛裝鹽水的洗滌鍋內，取出鱸魚和草蝦洗淨後，放入冰箱保鮮盒內。我把晚餐要主的菜色先做事前處理，較花時間的滷肉和蘿蔔排骨湯先行烹煮好，等大兒子和妻回家享用。

陪伴小兒子睡午覺，午覺醒來，再泡了瓶牛奶餵他。距離接大兒子放學還有一段時間，將小兒子放在學步車內，讓他可以自由行動。我到廚房洗米，洗米的過程中，流失掉不少米粒，再把洗好的米放入電鍋內。心想其他的菜色，等妻下班前半小時烹煮便來得及。小兒子在客廳、房間、書房間亂竄，只要拿得到的東西全被他抓到地上，地面上一片凌亂，我趕忙收拾整齊，抱起小兒子出門。循著早上的路接大兒子放學。

回到家，原本計劃先幫大兒子洗澡，無奈，小兒子不乖乖的坐學步車了，我沒有辦法，只得學妻拿起背帶將他背在背後，準備好大兒子的換洗衣物，牽著大兒子走進浴室，脫去他身上的衣褲，打開蓮蓬頭，試試水溫，先將他的身體打濕，然後塗抹上沐浴乳，再沖洗乾淨。此時，半封閉的浴室內已是白茫茫一片，小兒子大概受不了潮濕悶熱的空間，又開始哭鬧起來，我不斷的抖動身體哄騙他，依然沒什麼效果。我只得加快速度，在大兒子的頭髮上倒些洗髮精，來回快速的搓洗，他痛得大叫，我叫他忍耐，一把按住他的頭，一手拿起蓮蓬頭往他頭上猛澆。小兒子依然不停的哭鬧，我趕忙將大兒子擦乾頭髮和身體，穿上衣褲。一打開浴室門，小兒子便不哭了。大兒子自己開電視看卡通，我顧不得汗流浹背，拿了大澡盆放水，準備好小兒子的尿布、痱子粉和換洗的衣物，把小毛巾丟入澡盆內，把裹身體的大毛巾掛在毛巾架上，解開背帶將他抱在懷裡，脫衣褲，脫尿布，將小兒子泡在澡盆內。左手拇指和中指按住他的耳朵，先將頭洗乾淨，再將他身體洗淨，而後抱起以大毛巾裹住他的身體，穿衣服，包尿布，穿褲子，再餵他喝些白開水，最後再把奶嘴塞進他口中，他的眼皮微微闔上，原來，他想睡覺，輕輕將他抱在懷裡哄他睡，再把他放進嬰兒床裡。

《臺灣時報》2012.12.31~2013.01.01連載

賣獎券的女人

每年暑假，我總算可以暫時脫離城市生活的枷鎖，到鄉下享受兩個月自由的空氣，順便可以跟著春婆仔到街上賣獎券，賺點小費。令我納悶的是：爸媽為了在台北專心賺錢，把我送回九張犁阿公家，沒想到，阿公、阿媽忙著收成田裡的水稻，忙著犁田，又放任我四處流浪。他們的原則是要我在晚餐之前回家就可以了，也因如此，我可以自由地跟著春婆仔到處去賣獎券。

春婆仔姓蕭名春，一個人住在九張犁，她大概是我見過穿著最體面的歐巴桑了，她喜歡穿著合身的旗袍，頭髮總梳成水瓢狀，末端圓形挺立的一團黑髮，更顯得高貴。她跟別的女人最大的不同是：十支手指頭帶著十只不同款式的金戒指，手臂上總吊掛著黑得發亮的包包，包包裡塞滿待賣的獎券和一些私人用品。在九張犁，沒有一個歐巴桑有資格與春婆仔相提並論，就算是我阿媽，大概也只能幫春婆仔提包包的份了。春婆仔喜歡找我幫她賣獎券，只因為我長得很像她遠在美國的孫子，所以，跟春婆仔在一起的時光，我倒覺得她比較像我的阿媽。

每天早上，我面對空蕩的三合院，阿公、阿媽、還有那隻肥滋滋的水牛早就出門了，我趕緊扒了幾口　掉的稀飯，便往春婆仔家衝。她總站在門口等我出現，習慣先塞給我一片巧克力，還跟我強調是「美國的」，好像認定我沒吃過美國巧克力般的大恩大德。不過，我也不以為意，巧克力總比蘿蔔乾好吃多了。

第一次跟春婆仔上街賣獎券，就見識到她「坐霸王車」的手段以及吵架的功力；我們沿著牛車路走到盡頭，在鐵軌旁等火車，火車站在另外一頭。我們搭火車不需要經過車站大廳及月台，只要在牛車路尾的鐵軌旁，靜靜的等火車停下來，就可以爬上火車坐到街上去。新來的站長在月台上，恰巧撞見我們從鐵軌爬上停在月台旁的火車，劈頭便問：「歐巴桑，你有買車票嗎？」

「買車票？要買什麼車票？」春婆仔不甘示弱的回問。

「你沒買車票，怎麼可以坐火車？」

「騙肖仔，我坐十幾年，不知影車票生做什麼款？」

春婆仔「英雄」般的語氣，不得不讓我對她肅然起敬。站長冷笑一聲，仍舊很有風度的告訴她：「坐火車，本來就要買車票啊！」

「你是在講什肖，你沒去探聽看覓，在九張犁，我蕭春仔坐火車不曾買過車票，你知嗎？」

站長被春婆仔的話怔住了。

春婆仔繼續趁勝追擊：「夭壽死囝仔，你去問鐵路局的局長，火車頭的地是誰捐的？是阮祖先捐乎你們的呢！我坐你的火車，是督好而已啦。還要買車票？夭壽死囝仔！我若不爽，火車頭的地，我就收回來，看你的火車要停到哪裡死！」

忽然，火車的司機從駕駛座走下來大喝：「站長，那個查某在起肖了，別理她！」

「肖你老母，你在講什肖？」春婆仔瞪著火車司機，她的眼睛撐得像阿公養的那頭水牛的大牛眼。

只見司機悻悻然的離去，嗚起火車汽笛準備駛離月台，站長一臉無辜地回到月台。春婆仔拉我上了火車，我輕聲地告訴她：「春婆仔，坐火車本來就要買車票啊！」

「憨囝仔，我給你講，火車頭的這塊地是阮祖先捐乎鐵路局的呢！不管時，我若想要坐火車，火車就應該停下來乎我坐，你知嗎？」春婆仔的嘴角揚起淺淺的笑意。

「春婆仔，甘有影？」

「你不信喔！有一天，我會證明乎你看。」她的表情很堅定，接著又說了很莫名其妙的話：「咱做人就要認真賺錢，開錢就要開在有價值的所在。」

買火車票對春婆仔來說是沒有價值的，但是買鐵牛仔，對阿公來說總該是有價值的吧。雖然，我覺得春婆仔的行為是錯的，但是，跟著春婆仔，可以有一筆小費收入，又可以吃到喜歡吃的東西。況且，她與阿媽的年紀相仿，我怎有資格去糾正她呢？我常想：如果阿媽對花錢的觀念和春婆仔一樣，她就不應該反對阿公買鐵牛仔了。

從那一次後，春婆仔和我坐火車，都沒有人敢跟她要求買車票。我心中有許多疑問：為什麼春婆仔坐火車敢不買車票？火車頭這片地真是她祖先捐的嗎？無論何時，只要她想坐火車，火車真會聽她的命令停下來嗎？她的眼睛怎能撐得如牛眼大呢？坐火車不買票算不算是小偷呢？

跟著春婆仔到街上賣獎券，沿著火車站前的商家，春婆仔一家一家推銷她的獎券，遇到熟識的老闆，春婆仔喜歡用苦肉計：「頭家啊，買一張啦，今天還沒開市呢。」這一招通常可以發揮效用。若遇到不熟識或對買獎券沒什麼興趣的商家老闆，春婆仔便會用另一套推銷的說辭：「頭家啊，買一張啦，看你的面色紅牙紅牙，最近要走好運了。買一張啦，若是中第一特獎，這世人就快活了，子孫就大富貴，免做就有好吃！」這一招總逗得老闆開心的拿錢出來向他買獎券。我心想：如果我中了第一特獎，我一定要買一部鐵牛仔給阿公犁田，讓阿公成為九張犁最後一個擁有鐵牛仔的人，順便也解救那頭犁起田來就氣喘吁吁的笨水牛。然後再把買鐵牛仔後剩下的錢分成五份，阿公、阿媽、爸爸、媽媽和我各一份，我們一家人就可以「免做就有好吃」了。

春婆仔賣了一天的獎券後，她會帶我到媽祖廟旁的市場吃肉羹麵配沙士，那是我最喜歡吃的東西，吃完麵付錢時，她會順便塞一張五元的紙鈔給我，我心想這次我不要錢，我要一張獎券，一張可能中第一特獎的獎券。我好奇地問她：

「春婆仔，這期賣剩的獎券怎麼辦？」
「自己留著對獎啊！」
「你有中過嗎？」
「有啊，中二獎，一萬元，寄去美國乎阮孫。」
「春婆仔，我不要五元，你乎我一張獎券，好嗎？」
春婆仔把五元紙鈔塞給我後，又打開包包，撕開一張獎券塞給我。
「憨囝仔，來，乎你中第一特獎。」她笑得可開心呢。
春婆仔為了不破壞她「開錢要開在有價值的所在」的原則，吃完麵後，我們習慣從街上散步回九張犁。
有一天黃昏，跟春婆仔賣完獎券回到家，看見阿公坐在長凳上，他的右手不斷的撫摸右小腿，我發現他的小腿紅腫得像阿媽拜拜用的麵龜一樣。我都來不及問，耳邊就傳來阿媽聒噪且囉唆的聲音：
「吃老不認老，駛水牛也想要和人家駛鐵牛仔拼，水牛怎會堪這樣乎你操，換做我，我也會抓狂給你踢。你看你的腳這樣，明天怎麼犁田？」

「你是在哭爸喔，駛恁娘啦，都是你，不肯買鐵牛仔，我才會駛不贏火旺仔。自小漢，我就不曾跑輸過火旺仔，就只有今天，我的水牛跑輸火旺仔的鐵牛仔，幹！真怨氣啦。」

阿媽自知理虧的停了五秒後，接著又開始罵我了：

「你這死囝仔，整天跟那個肖春仔做夥，有一天，你會跟她同款肖。你若常要和她做夥，一世人撿角啦。」

天啊，阿媽又發作了。我只要跟春婆仔賣完獎券回到家，阿媽總會念這一句台詞，我怎麼會撿「角」？我至少還有一張五元紙鈔，一張可能中第一特獎的獎券。阿媽懂什麼？等我中第一特獎後，我一定要她把那句台詞吞回肚裡去。我走到阿公身邊，告訴他說：「阿公，等我中第一特獎，我一定買一台鐵牛仔乎你，而且又是外國進口的。乎你隨便駛駛，就會凍贏火旺叔公。」

阿公摸摸我的頭說：「睏摸睏！麥酣眠啦。」

連阿公都看不起我的獎券，我下定主意，哪天等我中第一特獎，我一定要阿公為他所說過的話向我道歉。接著，阿公氣不過，又和阿媽為了買鐵牛仔的事吵起來了。

「我拼一世人了，擱拼也沒多久，也沒什麼氣力了，買一台鐵牛仔駛看覓，不行嗎？。」阿公的語氣軟中帶硬。

「你知影什麼？買一台鐵牛仔，要開咱收兩冬穀仔的錢，那隻水牛正勇呢，不駛可惜啊。」阿媽露出「可惜」的表情。

「只有你知！我都不知？我牽水牛在田裡走來走去，兩隻腳都快斷了，你甘知？現在，腳又被牛踢一下，明天要怎樣犁田？」阿公漲紅著臉，眼眶內似乎有淚水在打滾，可能是受傷的地方痛得難以忍受，也可能是氣得抓狂了吧。

「騙肖仔，明天，你祖媽家已牽牛來去犁田，我就不信：沒你，田就沒人犁。」

「幹！肖查某！」

阿公起身，手扶著牆壁，一跛一跛的走進房裡去，像一隻因受傷而落敗的鬥雞。

「阿媽，你乎阿公買鐵牛仔啦，等我中第一特獎，我才把買鐵牛仔的錢還你，連我那份獎金也送給你。好嗎？」我央求阿媽同意買鐵牛仔。

「猴死囝仔，沒你的代誌，囝仔人有耳無嘴，恬恬啦。」阿媽沒好氣的說。

對阿媽來說，不管是鐵牛仔或水牛，只要會犁田的就是好牛。像她這種視錢如命的人，怎捨得花錢再買一部鐵牛仔來代替水牛呢？

自從阿公受傷後，阿媽每天都要我跟她去犁田，禁止我和村裡其他小孩玩，更別說是跟春婆仔到街上賣獎券了。我覺得阿媽可能因為我向她求情，給阿公買牛仔，心生不滿而挾怨報復。阿媽犁田時，那隻水牛更可憐了，除了要拖著犁吃力的向前走，還得忍受阿媽的碎碎念，而且每天都是同樣的台詞。而我，在田埂邊找尋青蛙的蹤跡，追那群跟在水牛後面的白鷺鷥，看著整片綠黃交綴的田地，被阿媽和水牛的腳步，漸漸地染成黑褐色。偶爾會想到春婆仔，擔心他缺少我的陪伴，更顯得孤單寂寞。肚子餓的時候，特別懷念肉羹麵配沙士的味道。

暑假近尾聲，阿公的腳也好了，記得回台北的前一天，阿公一早便叫醒我，告訴我要到街上買鐵牛仔。趁著阿媽去進香的時候，阿公做了買鐵牛仔的決定，我實在不敢想像，等阿媽晚上回來，後果會怎樣？阿公牽著我到火車站，買車票，進月台，等火車停妥後，走進車廂內，找了靠茶水區的座位坐下來。跟阿公坐火車的感覺，比跟春婆仔踏實多了。隨著火車即將啟動的節奏，我哼唱著學校教的「火車快飛，火車快飛，穿過高山……」沒多久，火車汽笛聲大作，煞車聲「唧——」，拉長的聲音更令人心驚，然後我的頭便撞上前面的椅背，痛得我說不出話來，阿公也撞上了，撞上的同時從嘴邊吐出一字「幹」。火車停了下來，沒有人知道前面發生什麼事？我們跟著其他乘客跳下火車查看，遠遠的，我就認出那個橫躺在枕木上黑得發亮的包包，一群人往包包的方向走去。

「火車撞死人了！」突然有人大叫。

這時，我的心抽痛了一下。

「啊！肖春仔？」阿公認出躺在包包旁的女人。

我很害怕卻也有點好奇，躲在阿公身後，偷看春婆仔的死狀，獎券散落在包包周圍。鮮紅的血從她的耳朵汩汩的流出來，像是要淹沒整條鐵軌，也染紅了散落一地的獎券。我的耳邊迴盪著春婆仔的話：「憨囝仔，我給你講，火車頭的這塊地是阮祖先捐乎鐵路局的呢！不管時，我若想要坐火車，火車就應該停下來乎我坐，你知嗎？」

還有另外一句話：「咱做人就要認真賺錢，開錢就要開在有價值的所在。」

阿公似乎也聽到了。

他緊緊的牽著我的手說：「走，咱快來去買鐵牛仔。」

《臺灣時報》2013.01.07~01.12連載

解脫

初秋，陽光伴隨著涼風徐徐吹來，于芬從律師事務所走了出來，頭也不回的快步走，不經意的踢著人行道上的落葉，她選擇在生日這天結束三十多年的婚姻，選擇生日有重大的意義，要向所有人宣示她的重生。盤算著今晚的行程，她要到夜店狂歡，那是她夢寐以求想去的地方，但在婚姻中，她必須扮演好媳婦及賢妻良母，一直都沒有機會，今天總算可以大肆慶祝了，即便只是一個人，孤單的自己，她仍感到欣慰，因為終於解脫了。

半工半讀完成高中學業後，她到電子工廠當女工，只想養活自己，不願再過寄人籬下的日子，過怕了每天看人臉色的日子，自己比油麻菜籽還不如，菜籽總有落地成長的機會，她何時能落地呢？每天下班後，是她最感到惶恐的時間，不知真正的家在那兒？有時回二舅家，有時回三舅家，不管回那兒？她都感到無助，害怕自己做了什麼事，惹得舅舅和舅媽不高興，就連吃飯都不敢吃太多，深怕被說是白吃白喝，這樣的日子過了快三年，直到遇見她的丈夫。

說也奇怪，于芬也不是頂喜歡這個男人，就像是在茫茫大海中，抓到一根浮木，她要緊緊抓住這根可以讓她解脫寄人籬下的浮木，沒有考慮多久，就答應了這門親事。婚後，過了兩年多甜蜜的日子，這是她想要的日子，擁有自己真正的家，大女兒出世後，她更愛這個家的感覺了，從未曾有這樣的感覺。她是真正成為一個有家的人了，侍奉公婆，照顧丈夫和女兒，還要煮晚飯給自己和小姑一家人吃。大女兒出世後不久，她的丈夫要到大陸投資，一開始，婆婆要她帶著女兒過去幫忙，她也忙得很愉快，老闆娘的身分，讓她覺得此生無憾。老二和老三兩個女兒出世後，她的丈夫就變了，嫌他們吵，嫌被這個家綁住。其實，她也知道丈夫當老闆，每天都會有應酬，起初，她並不以為意，即便是鄰居有關丈夫外遇的傳言，她也都選擇相信自己的丈夫，並告訴鄰居別再亂說了。

于芬知道在大陸可不比臺灣，沒有親人可以訴苦，丈夫是唯一的親人，如果連丈夫都不能信了，那要信誰呢？怎知，那是她單純的人性，丈夫把婆婆送她的鑽石項鍊送給外面的女人，那還是她偷看丈夫手機裡的相片才發現的。她忍住不哭不鬧，因為害怕失去這個家，害怕再過那種看人臉色的生活。這一次，她終於相信自己的丈夫是真的外遇了，她怪自己不知哪裡做得不好？甜蜜的婚姻怎麼這麼快就變調了，夜闌人靜的時候，她也只能守著空房暗自傷心，不過，值得安慰的是，一早起床，丈夫還躺在身旁。

那年的中秋節前夕，丈夫要她帶著三個女兒回臺灣照顧公婆，她反抗，哭著問為什麼？沒想到換來的答案竟是：「回去就對了，別問原因？」她歇斯底里的哭著說不要，她要留在這裡。就像小時候看著媽媽把爸爸當天的樣子，丈夫就是她的天，嫁雞隨雞，嫁狗隨狗，她沒有勇氣回臺灣，大陸的家是她真正的家。或許因為她的執著，惹毛了丈夫，她的丈夫二話不說，就在中秋節前一天，索性自己偷偷的回臺灣了，還是她婆婆打電話到大陸告訴她這件事的。她哭得更傷心了，也不斷的責怪自己到底是哪裡做錯了？她丈夫回臺灣這段期間，婆婆每天打電話勸她把女兒帶回臺灣，回來陪陪老人家，甚至使出眼淚攻勢，告訴她說：他們兩老的日子也不多了，身旁需要兒孫陪伴等等的理由。

不管有多麼不甘願，也無法改變她必須帶著女兒回臺灣的事實。她真的感覺比油麻菜籽還不如，讓丈夫丟來丟去的，回臺灣後，她仍努力的想讓丈夫再次同意她回大陸。每晚，她總打電話噓寒問暖，希望丈夫知道她的心意。直到有一個晚上，接電話的是一個女人，她終於崩潰了，她知道這段婚姻不可能了，這個家沒了，她向婆婆泣訴，婆婆反過來求她千萬不要離婚，孩子少了爸爸或媽媽會很可憐，只記得那個晚上，她和婆婆想擁而泣，哭累了，就不知不覺的睡著了。

接下來的日子，于芬把重心全放在孩子和公婆身上，每逢假日，就開著車帶著一家老小到處玩，這樣可以讓她暫時忘記丈夫的背叛，久了，漸漸的習慣沒有丈夫在身旁的日子，也習慣單身的生活。只有在過年過節的時候，她才能再次擁有丈夫在身旁，卻也冷淡許多，丈夫每次回國，總急著說要去找廠商談生意，丈夫為這個家努力的賺錢，霎時，她也覺得很幸福，暫時忘卻了分開兩地的痛苦。有一年春節過後，她開車送丈夫去機場，回程時，在駕駛座下發現一張汽車旅館的發票，她恍然大悟了，終於發現丈夫找廠商談生意的秘密了。她是女人，偶爾也會有情慾，可是自己的丈夫十年來未曾願意和她行房，這一刻，她也找到真正的答案了。

丈夫總說她不夠聰明，連小姑也說她沒見過世面，她總是默默的照顧這個家，公公生重病躺在床上，無法順利排便，她不假思索的用手指挖擠在肛門口的糞便，也顧不得臭，她只想著挖了出來，公公就會舒服許多了。直到公公過世，她才暫時解脫這樣的日子。不料，公公過世後沒多久，婆婆傷心過度也中風了，還好，她有照顧公公重病在床的經驗，但這次她無法一個人承擔了。每天清晨要張羅孩子上學，晚上要準備晚餐，連小姑一家人的晚餐都要順便準備，以前還有婆婆幫忙，現在，她真的是沒辦法了。她向丈夫祈求請一個外傭照顧婆婆，分擔一些家務。

空閒的時候，她會坐在沙發上發呆，偶爾會聽到婆婆的呻吟，她會習慣的要外傭檢查一下尿布、鼻胃管等等。她想起自己到底是誰呢?丈夫到底有沒有把她當成妻子呢?小姑有沒有當她是大嫂呢?甚至公婆有沒有當她是媳婦呢?越空閒的時候，她就會越胡思亂想。大女兒交男朋友時，她找到這個答案了。她丈夫五十歲生日前夕，有一個晚上十點多，從大陸打電話回家，劈頭就罵怎麼會讓大女兒交男朋友呢?她知道丈夫又再發酒瘋了，她低聲下氣的說：女兒大四了，交男朋友很正常啊。她心想自己也是二十歲就結婚了，有什麼好大驚小怪的。掛上電話，她忙著洗碗。約莫過了半小時，小姑按了門鈴，她心想不是吃過晚餐了嗎？怎麼又跑過來？小姑表明來意，說她大哥要她來關心一下大女兒交男朋友的事，還交代明天晚餐後召開家庭會議，好好的討論這件事。她冷冷的說：好啊！隨便你們。她邊洗碗，淚水順臉頰而下滴到碗裡，她真的很不甘願，連女兒交男朋友，都不讓她自己處理，還得勞煩小姑說三道四。

此刻，于芬多年的疑問終於解開了，原來，她只是夫家傳宗接代的工具，只是這個家的僕人，儘管做牛做馬，也換不來妻子、媳婦、母親、大嫂的角色。連女兒交男朋友，自己都沒有資格關心與處理。她心裡暗自竊笑，不斷的問自己到底是誰？

搖滾音樂嘈雜的聲音在耳邊迴盪，她盡情的在舞池中間扭動自己的身體，汗水不停的低落，空氣相當微薄，混雜的菸酒和脂粉味，她率性的脫掉薄外套，僅剩一件小可愛。隨著舞曲，她跳得更起勁了，她終於完成願望了，褪去外套的剎那，解脫的感覺更紮實了。

《臺灣時報》2013.03.23~03.25連載

種厝

天乍亮，後埔村頭就集結了老農、農婦及小孩。這個村莊裡，大部分的年輕人都出外謀生了，剩下的大多是老人和小孩，從村頭走到村尾，約莫十分鐘的路程。村莊盡頭全是稻田，一期稻作即將抽穗，每個家庭期待收成的日子，卻也擔心收成前，土地被徵收，這一季的辛苦便泡湯了。距離村莊三公里處，有一高鐵車站，原盼望著高鐵通車，帶給出外的年輕人返鄉的便利，卻帶給這個村莊一連串的惡夢。

警備車載滿了警察，一到村頭入口處，魚貫下車。警察是老農們口中的「大人」，即便安分守己，卻也對警察有幾分的敬畏。老農阿甘首先發現了在警備車後面跟著兩輛大拖車，拖車上停妥兩部怪手，阿甘示意集結在村頭的村人們，看著怪手的方向。七嘴八舌的討論著，怪手怎會這個時間點來？派出所的所長是村子裡吳用的兒子叫吳正義，阿甘一個箭步衝到所長面前問：「你們那麼多警察要幹嘛？」

「甘伯仔，今天要進行土地徵收的工程，你們不知道嗎？」

「講啥？政府都沒通知我們，稻子正抽穗，怎麼挑這個時間？」阿甘帶著激動的語氣說。

「對啊，對啊，都沒有通知！」村人你一言我一語的附和著。

「正義仔，你帶隊的就好說了，你阿爸的田也在這兒，你叫他們不要亂來喔。」阿甘姆使出溫情攻勢。

「沒法度，縣長昨天下令，今天要徵收咱村裡的田園。我也是奉命行事，希望你們體諒。」所長無奈的說。

走下警備車的警察約有四十人，排好隊等待任務分配。怪手緩緩的從拖車上滑下來，履帶摩擦拖車斗板的聲音，嘎嘎作響，對村人而言，孰悉的履帶聲，應該是割稻機行駛在農田裡，低沉厚實充滿喜悅的柔和，此刻的履帶聲卻帶著殺氣，正準備一聲聲的吞噬這一大片農田，也將震碎整個村莊。

警察排成兩列，岔開了集結的村人，吆喝著村人往道路兩旁站，不要耽誤了他們的工作。帶頭的是吳正義所長，邊指揮邊接聽手機，看樣子是上級長官下了什麼指示。

阿甘大罵說：「正義仔，叫你的同事快走，不要來糟蹋我們的田園。」

「甘伯仔，不好意思，請你們往後面站一點，怪手要開進來了，如果有人被壓到，我可負不了責啊！」所長悻悻然的說，似乎跟他毫無關係似的。

「你這個死囝仔，叫你老爸來跟我們說，你這個背骨仔，幹你老爸卡好。」阿甘氣得潮紅了臉。

村人跟著阿甘，不斷的咒罵吳正義，更有人帶頭罵警察是「賊頭」。阿甘更是火了，大聲的吆喝：「大家都回去拿鋤頭，準備車拚啦，不相信我們拼不贏這些警察仔。」

村人一哄而散，爭先恐後往村子裡面跑，只見吳正義哨聲吹得更急促，每個警察快速的跑到道路兩側，迎接到達路口的兩部怪手，怪手像極打了勝戰的坦克車，一步步開進村裡，每個警察表情相當嚴肅，偶見嚴肅的表情下一抹微笑，那微笑更加深了清晨的涼意。

「把怪手擋住，別讓它開進村裡。」阿甘大聲叫。

一夥人揮舞手上的鋤頭，站在怪手前，怪手司機無奈的笑了笑，看看指揮官，吳正義舉手示意他暫停，跑到阿甘和村人的面前說：「甘伯仔，各位世大，今天我的任務是保護怪手進村裡，拜託大家退後，讓我完成任務。」

「幹！你這個死囝仔，你吃屎的喔，你是怎樣長大的啊，是咱村裡的田園養你長大的，你做官就忘啦。」一夥人也跳出來開罵了。

村長在旁幫腔：「對啦對啦，你老爸的田園也在這裡。你叫他們不要亂來。」

「請大家向後退，怪手要開進來了，拜託大家後退！」所長大聲的呼籲。

所長的聲音一落下，怪手的履帶嘎嘎的啟動了，早已爬到履帶上的阿甘，順勢跌坐地面，還好是臀部著地，不然後果難測。阿甘更生氣了，大叫著年輕的坤達跳上第一部怪手，把司機打下來，坤達一個跳步，躍上怪手駕駛艙外，拿鋤頭使勁敲打玻璃，這時，幾個警察衝向他，把他拉了下來，坤達比阿甘要靈巧許多，並沒有跌坐地面，只是慌亂中丟了手上的鋤頭。

一陣慌亂中，好幾台攝影機從怪手兩側，竄了出來，攝影機身上都貼著熟悉的電視臺名稱，主播忙著卡位，攝影師全都瞄準剛從怪手跳下的坤達，阿甘姆氣喘吁吁的出現在攝影機旁，上氣不接下氣的指著吳正義說：「叫電視臺來，看你們多囂張！」村人鼓掌叫好，大聲的鼓譟，有一個女主播伸出麥克風要訪問坤達，但他一個箭步早閃到阿甘的背後，阿甘護著他，大聲的說：「問我啦，幹！賊仔政府。」

女主播放下麥克風，在阿甘耳邊說：「阿伯，等一下訪問的時候，你不要罵髒話，拜託，不然電視播出會很難看。」

阿甘點點頭表示同意。

眼見攝影機拍攝，吳正義高舉右手示意警察暫停動作，怪手司機也索性關了引擎。

女主播手上滿滿的麥克風，還有來不及拿的，阿甘也幫忙拿了好幾支。

「阿伯，請問，為什麼要徵收你們的農田？」女主播問：

「幹！……沒啦沒啦，失禮失禮……」阿甘脫口而出。

「喔！阿伯，拜託一下。」所有的主播異口同聲的說。

「我和你們說，這個賊仔政府啦，說要徵收村裡的田園，叫我們不要種水稻，政府要種厝啦，這些田園徵收後，變成住宅區，要蓋好多好多的房子，賣給臺北人，真的氣死人。我的祖先世代住在這裡，安分守己的種水稻，現在，說什麼高鐵站蓋好了，交通真便利，可以吸引更多臺北人搬到這兒住，會發展，發展一個碗糕啦。」阿甘一口氣說了這麼多話，吞口水的同時，才暫時打住。

女主播接著問：「沒開協調會嗎？」

「協調一個碗糕啦，都是縣政府的人一直說，一直說，說沒有徵收不行啦，縣長的政策啦，一句話也不給我們說，你看會不會氣死人？」阿甘說得義憤填膺。

眾人又開始鼓譟了：「對啦對啦，縣長太鴨霸了！代表會主席的田園不必徵收，都是我們這些憨百姓，注定要死啦。」

攝影機鏡頭轉移到鼓譟的人群，人群旋即騷動，數落著縣政府的諸多不是，大多惋惜這片生活了一輩子的土地，竟要被強制徵收。更令人憤恨的是即將收成的水稻也可能留不住了，那是村人一季的心血，不僅花費金錢，更耗盡精神與體力。村裡的老農可都是上了年紀，勉強的耕作，怕玷汙了祖先開墾農作的美名。今天，也許就要看著怪手壓垮整片水稻，村人惡狠狠的瞪著怪手司機，跨出駕駛艙的司機攀爬在履帶上，也在看著村人和攝影機、警察互動的結果。

吳正義領著一個梳著油頭，西裝筆挺的男人進到人群中，在這樣的大熱天，立即吸引攝影機及村人的眼光。

「來來來，各位世大，聽我說一下，喔……」所長才開口，就被攝影機碰撞到他的下巴。

「各位媒體朋友，縣政府的主任秘書來了，也聽聽縣政府的說法，才不會被蒙蔽了。」所長輕撫下巴直喊痛。

攝影機鏡頭迅速的轉向那個梳著油頭的主任秘書，來不及收的麥克風，差點被村人擠掉了。

「請問縣政府對徵收農地的這件事該如何處理？」這次換成男主播問：

「補償費領取通知書已寄到各徵收戶，也就是說已完成徵收的程序了，我不知道他們到底有什麼立場阻擋怪手？」主任秘書一貫的官式回答。

阿甘衝到主任秘書側面大聲喊：「我聽你在放臭屁！我們都還沒收到，哪有什麼通知書？」

另一個綁著馬尾的女主播順著阿甘的話問：「請問何時寄出通知書呢？」

主任秘書側過頭問旁邊的幕僚，一臉驚恐的表情似乎說明了答案。然後鎮定的說：「預計明天寄出。」

女主播追著問：「也就是說還沒寄囉，那為什麼急著要徵收這片農地呢？」

「嗯……」主任秘書支支唔唔答不出話來，輕聲的自言自語起來：「縣長要卸任了，當然要快啊！」，他以為沒人聽到，卻被躲在他側臉旁的麥克風收到音。透過麥克風，傳送到電視臺，也傳送到全國觀眾的耳裡。

「長官，你到底在說什麼？」女主播帶著憤怒的語氣追問。

主任秘書一臉狐疑，接聽幕僚遞過來的手機，只見他點頭如搗蒜，似乎接獲上級指示，要對今天這件事宣告結果。把手機交給幕僚後，他看著吳正義所長，勾了勾右手食指，所長唯唯諾諾的靠近他身旁，見主任秘書比手畫腳的向所長說話，所長點點頭，拿起手上的無線電開始說話。

主任秘書要媒體將麥克風湊向他：「跟各位媒體報告，剛剛接獲縣長指示，今天徵收行動暫停，擇日再召開協調會，決定徵收工程的日期。」

這時候，隔開村人與主任秘書的警察，開始向村外移動，看樣子是保護長官離開，怪手引擎聲再起，緩步的向大拖車的方向移動，留下現場採訪的媒體，村人像打了勝仗般歡呼，阿甘要大家高舉鋤頭，大聲的跟他喊：「滾回去！滾回去！」。

後埔村民暫時保住了田園，老農們下田，總少了一份希望與快樂，不知是否還能守住祖先留下的田產？這段日子，村人聊天的話題總圍繞著土地徵收轉，他們想像著有一天農田裡種的不是水稻，而是一幢幢美輪美奐的房屋。這片農田曾經是他們一生的回憶，還是謀生的寄託，沒了農田，光靠補償金，還有政府發放的老農年金，到底能撐多久？他們打從心裡想要自食其力，就如年輕時的理想一樣，靠自己雙手維持家計，更不願意讓自己成為子女的負擔。

一天晚上，阿甘剛從田裡回家，他的老朋友，應該說是兒時玩伴，也是同村子裡的老農，聚集在他家庭院裡。積釀許久不安的情緒，一起在這兒稍微解放。

阿甘劈頭便問：「什麼事啊？你們田裡的事都做完啦？現在稻子正在抽穗，要更小心的照顧。」

「唉！沒心情啦。」大家垂頭喪氣的回話。

「阿甘，咱去找村長幫忙，以前縣長選舉時，村長是他的大樁腳，也許村長出面，可以保住我們的田園。」木水掀開斗笠說。

「幹！沒效啦，如果有效，都市計畫不會畫到我們村裡來，他們是同黨的，你們不知道嗎？」阿甘藏不住火爆的個性。

大家靜默了一會兒。

三棟也開口了：「沒影啦，那天，村長也和我們站在一起對抗警察，你們都忘了嗎？」

阿甘知道三棟是村長的遠房親戚，聽他這樣說，阿甘也收斂些，拿下斗笠，點起菸，大伙也跟著他點菸，在院子裡的老農，被煙燻成瞇瞇眼，每個人都若有所思的樣子，直到阿甘的老婆從廚房走出庭院大喊：「阿甘，你們都不必吃飯啊？」。

阿甘隨手丟了菸蒂，看看三棟說：「三棟啊，你是村長的親戚，你帶我們去找村長。」

「現在嗎？」三棟看了看手錶。

「你們大家現在可以嗎？」阿甘問大家。

只見大家點點頭說：「好啊！」

一群人跟著三棟和阿甘，往村長家走去。

村長家是三合院的建築，村長的祖父自日治時代便是村裡的保正，村長的父親是鄉民代表，可說是後埔村的政治世家。阿甘領著一群人，遠遠就聽到斷斷續續的狗吠聲，那是村長家的大狼犬，雖然被綁住，吠聲依然震撼。走進村長家的大庭院，村長正逗弄著大狼犬，大狼犬一見陌生人，狂吠不已，作勢要攻擊。村長大聲喝斥，才讓那隻大狼犬安靜下來。

「你們一大群人要做什麼?選舉也不挺我，現在遇到事情，知道要來找我啦！」村長帶著諷刺的口吻。

三棟接著說：「有啦，我有挺你喔，他們啊，我就不知道了。」

三棟的嘴臉像極了那隻大狼犬，被村長的話一激，衝出一句話：「你是阿甘其實更像大狼犬。我們後埔村的村長，每一個村民，你都要盡力照顧，哪有在分挺你的和不挺你的，怎樣，我們不挺你，你就不理我們啦？」

同行的老農，有人拉拉阿甘的衣角，叫他不要講了，有人急著向村長鞠躬作揖。

「阿甘啊，嘴不要那麼硬，今天是你們來找我，不是我找你們，態度不要那麼差，人情留一線，日後好相看，我選舉的時候，就告訴過你們了，哈……」村長一開口，那隻大狼犬也跟著吠，不過隨即被制止。

村長接著說：「好啦，今天看三棟的面子，不跟你們計較了。我知道你們要拜託土地徵收的事，其實，我也無能為力。」

「村長，拜託一下，你跟代表會主席熟，也是縣長的大樁腳，你去說一下，也許我們的田園就可以保住了。」木水懇求的說。

「拜託一下，你去說情，我們下次選舉會挺你的。」被徵收最大面積的信安接著說。

阿甘可真是不甘寂寞啊，指著村長的鼻子：「我和你說，選舉是選舉，跟土地徵收是兩回事，你的土地也被徵收了，難道你真的甘願嗎？我們很誠懇的拜託你，希望你可以幫忙，不要講那些五四三的話。」

村長也不是省油的燈，怒嗆阿甘：「你是怎樣？要拜託我，還用這種語氣，我的田園跟你們一樣被徵收，心情也很不好。上次，警察來的時候，我也有幫大家說話啊，你忘了嗎？」

木水和信安急著拉住阿甘，拜託他不要再回嘴了。信安湊近三棟的耳邊輕聲的說：「你和村長說，事情辦成後，我會包一個大紅包答謝，拜託一下。」

「村長，看我的面子，你就跟主席和縣長說一下，看他能不能不要徵收我們的田園？」三棟笑得合不攏嘴。

村長點點頭，攤出右手，示意送客，那隻大狼犬又開始狂吠了。三棟向大家使眼色，像是告訴大家，村長同意幫忙了。阿甘甩頭就往外衝，眾人跟著他腳步離開，只有三棟留在村長家。

抽穗的水稻早已結穗，飽滿的穀粒，讓每株水稻低下頭來，看樣子又是豐收的一季。後埔村暫時忘記土地徵收的惡夢，準備享受收成的喜悅。

端午節隔晚，派出所所長吳正義帶著他的爸爸吳用拜訪阿甘，手裡還提著水果盒。阿甘正剝開粽葉，便見他們走進庭院裡，阿甘的老婆，禮貌性的招呼他們進屋裡坐。

阿甘索性放下粽子，對著吳用說：「用仔，我們從少年逗陣到現在，棺材都鑽進一半了，田園守不住，咱死了之後，要拿什麼臉去見祖先啊？」

「對啦，我也沒辦法，我的田園也被徵收。想想還真捨不得！今天，我帶囝仔來，是要跟你說一件壞消息。」吳用喃喃的說。

吳正義等不及父親說完，接著開口：「甘伯仔，後天一早，我們要出任務了，跟上次一樣，這次警察和怪手更多了，縣長指示副縣長和縣警察局長帶隊，進行土地徵收的工程，希望你高抬貴手，叫我們的村民不要做無謂的抵抗。」

「幹你祖嬤！你們父子真的是吃屎的，不幫忙就算了，還要做抓耙仔，出去啦，出去啦，幹你祖嬤！」阿甘氣得拿起桌上的肉粽摔向牆角。

所長父子悻悻然離開，當他們走到庭院大門，阿甘的老婆叫住他們，把水果禮盒遞給吳用：「這盒水果太貴了，我們吃不起！」狠狠的瞪了他們一眼，轉身回屋裡去。

阿甘越想越氣，拿起電話痛罵了村長一頓。

接著又邀集了村裡的人到家裡來，共商抵抗警察的大計。十來分鐘的光景，庭院裡已擠滿了人，阿甘宣布縣政府行動的時間，大家一頓錯愕，有人私下還說：不是請村長跟縣長說了嗎？怎麼會這樣？木水的老婆蕭春在眾人面前狂叫，大家都知道蕭春的精神不穩定，沒有太多的責怪，阿甘要木水管一管自己的老婆，木水趕緊把蕭春拉到身邊來。

「甘伯仔，現在我們要怎麼做？」曾經爬上怪手勇敢抵抗的坤達說。

阿甘高舉雙手，要大家安靜下來：「我們要更團結，才能保住田園。大家想一想當兵的時候，我直接分配任務，坤達，你帶幾個年輕人負責纏住怪手。明天一早，第一鄰到第五鄰的人，把家裡的草捆，放在村頭入口處。第六鄰到第十鄰把家裡鐵牛車開出來，停在村中間，我們所有人拿鋤頭，站在在草捆前面，萬一守不住，等警察一衝進村裡，把我們都抬走了，信安，你負責點火，注意喔，不要被火燒到，第一關人守，第二關火守，第三關換鐵牛守，我相信，那些賊頭要過三關也很困難啦。」

頓時，掌聲如雷，似乎又打贏一場勝仗了。

大家也很有默契的各自散去。

蕭春走近阿甘拍拍他的肩膀說：「阿甘仔，要打架了，我很久沒有跟人打架了，我很乖ㄟ喔。」

木水急著安撫，要蕭春別再鬧了。阿甘揮揮手，要木水趕快帶蕭春回家。

徵收工程的前一天夜裡，村裡的狗狂吠不止，還聽到「吹狗螺」的聲音。村人其實很清楚，是祖先回來了，回到村子裡，再看一看這片田園，看一看村裡的後代子孫。

拂曉，霧氣瀰漫，天空灰濛濛的，偶爾還可以聽到幾聲狗吠、雞鳴。在寂靜的氛圍裡，仔細的聽，可以聽到大拖車的引擎聲，也可以聽到警察集合的哨聲，聲音雖微弱卻足以驚醒半夢半醒的村人。

阿甘母踢踢阿甘的腳：「甘仔，來了喔，賊頭和怪手來了喔。」

阿甘從床上一躍而起，簡單梳洗過後，開始打電話，要村人到村口集合。村人還是早警察一步就定位，警察人數比上次更多，上次一部警備車，這次有四部，估計應該有一百五十人，每個人左手持盾牌和右手握警棍。怪手更多了，大拖車停在村口旁的大馬路，閃著雙黃燈，整條大馬路，只能看到刺眼閃爍的黃光。黃光後面，藏著二部消防車及救護車。警察魚貫的下車，把大馬路當成集合場，很快的圍成一塊矩形。矩形規律的向村口移動，怪手也緩緩的從大拖車上滑了下來，跟著矩形後面移動。

村人見此狀，把手上的鋤頭握得更緊了，阿甘要求大家塞滿村口，全力的抵抗，要注意自身安全，不要受傷。

「要打架了！要打架了！」蕭春狂叫。

「木水啊，蕭春顧乎好啦，帶她回去，不然會受傷。」阿甘叮嚀。

木水拉住蕭春，往村裡走，蕭春死命抵抗，坐在地上，讓木水拖，卻怎麼也拖不動。蕭春放聲大哭：「我要打架，我要打架……」村人顧不得蕭春胡鬧，專心注意著警察的一舉一動。

走在隊伍前頭的，穿著繡有副縣長背心的男人，旁邊跟著穿警察制服的男人，村人猜想應該是副縣長和縣警察局長，還有一些穿著白襯衫黑西裝褲的年輕人。一、二十部的攝影機，跟著副縣長一行人往村裡移動。距離村口約三十公尺的地方停了下來，只見副縣長向旁邊的縣警察局長咬了咬耳朵，警察局長一回頭，吳正義從矩形人群中竄了出來，向村口前進，後面跟了一堆的攝影機和揹著相機的記者。

村人也學警察排出一個矩形，塞住路口。站在第一排的是坤達幾個年輕人，其實也不年輕了，約莫四十歲。坤達是所長吳正義的國中同學，但彼此不對盤，因為土地徵收這件事，讓坤達對吳正義更是不滿。吳正義走到坤達面前，向他點了頭，坤達別過臉不理他。

「甘伯仔，各位世大，今天，土地徵收工程一定要完成，大家看到了嗎？我們來了很多警察，希望你們不要為難。」吳正義高聲喊。

阿甘覺得耳內刺痛，彷彿又聽到村長家大狼犬的吠聲，怒斥：「你是在哭爸喔，背骨囝仔，幹你祖嬤！」

吳正義不回嘴，接著說：「今天，我們執行公務，如果你們跟警察有一點點衝突，就是妨害公務，我們會當現行犯，馬上帶走，想一想，萬一你們觸犯妨害公務罪，你們的兒孫會有多捨不得啊。大家趕快回家，讓我們的怪手可以順利進村裡。等徵收完成後，我們後埔村就會發展囉。」

村人不為所動，直挺挺的站在村口，吳正義無趣的走回副縣長和警察局長身旁，三人又說了些悄悄話。霎時，吳正義一回頭高舉右手，所有的警察以警棍敲擊盾牌，配合腳踩地面的聲音，節奏明快的衝向村口，巨大的聲響籠罩整個村莊。

「我和你拚，衝啊！」坤達衝向警察。

當坤達的鋤頭敲向警用盾牌的剎那，立刻被四、五個警察團團圍住，斷斷續續的聽到鋤頭撞擊盾牌和警棍的聲音，但一下子就歸於寧靜了，坤達也消失在警察陣中。坤達被警察抓走的場景，似乎驚醒了集結的村人，阿甘下令要大家握緊鋤頭，想想當兵時的刺槍術。只要警察一攻擊，馬上反擊，不能讓警察以為我們老了，沒用了。

天空依舊灰濛濛的，對照警察的制服與田園的泥土，泥土顯得更耀眼了。警察隊伍不斷的向村人進逼，「赫！赫！赫！赫！」腳步依照喊聲的節奏前進，隨行拍攝的電視台數不清，還有平面媒體。阿甘走到隊伍前方，要求大家別衝動，要讓媒體拍到警察的粗暴。帶頭的吳正義所長早按奈不住情緒，指揮所有的警察抬離現場的村人，有的警察很有禮貌的向要抬離的對象說：「阿伯，歹勢！阿姆，歹勢！」有的警察就粗暴的下手就抬，阿甘想起以前賣大豬的時候，把四隻豬腳綁牢了，然後，拿出大竹竿伸過被綁緊的豬腳空隙，兩個男人一蹲一伸，就把大豬抬起來了；無力抵抗的村人，就任由警察抬離了。

「幹你祖嘛！不要碰我。」阿甘揮舞著手中的鋤頭。

阿甘回想當兵時練習刺槍術的口訣：前進，突刺，刺。不斷的邊唸口訣，邊刺向盾牌。其實，阿甘也想過教村人用鋤田土的動作，對付警察的盾牌，因為一時心軟，怕傷了警察，只好要大家握緊鋤頭刺向盾牌就好了。

一陣鏗鏗鏘鏘，阿甘只覺頭上好幾片盾牌和好幾枝警棍齊下，頭昏眼花，倒在警察的隊伍中，渾噩間，彷彿聽到相機的卡嚓聲，記者的尖叫聲，村人的鼓譟聲。似乎也看到了閃電；其實是相機的閃光燈，接著就暈眩過去了。混亂中，好幾個村人見紅，嚴重的，血從頭皮上流下來，昏倒的，骨折的；輕微的只有擦傷或驚嚇。記者群避開跌坐地上的村人，深怕一不小心踩著他們了，也認真的記錄警察驅離村人的景象，這一幕在全國各電視臺同步播放。

「信……安……仔，點……火……點……火……」混亂中突然傳來阿甘虛弱的叫聲。

留守在草捆旁的信安，不斷的探出頭來觀察人群，原本清晰可見的鋤頭，現在都看不到了，跑到草捆前，發現村人全被抓走了，滿滿都是警察。他想起阿甘的交代，如果村人全被抓走了，就點火。他摸摸後口袋裝滿寶特瓶的汽油，立即躲到草捆後方，他的手不停顫抖，咬著牙，慢慢的轉開瓶蓋，把汽油倒在草捆下緣，從右邊口袋摸出一個打火機，他試著點火，卻怎麼也點不著，他不斷的試，「喀嚓喀嚓……」就是無法點著。後來，想起阿甘點菸的樣子，要先打開打火機的保險，才順利的把火點著，火一接觸到沾滿汽油的稻草，迅速蔓延橫跨村口道路的草堆。

這時，警察哨聲四起，還聽到有警察大叫：「消防車，快，快開進來！」不過消防車被大拖車擋住動彈不得，消防隊員緊急拉出消防水帶，好幾個消防隊員急忙的接穩水帶噴頭，警察全往大拖車的方向退。信安也因慌忙，手和腳都被燒傷了，退到離草捆後方約十公尺的雜貨店躲藏。

眼見蕭春手裡緊抱一個小瓦斯桶，激動的大喊：「我們要種稻！不要種厝！全部給我滾回去。」

信安躲在雜貨店的走廊下，想要阻止時，蕭春已衝了出去。

「後埔村的祖公祖嬤，我來啦！」

蕭春說完這句話同時，縱身一躍，跳進熊熊烈火的草堆中，霎時，只見一個人形火光，燒得更是劇烈。「砰！」轟然巨響，把趨前準備滅火的消防隊員向後震退了好幾步，零散的爆炸聲，炸碎了村人微弱的希望。

趕在前頭的消防隊員，來不及送水，在現場的人群，眼睜睜的看著蕭春活活被燒死。空氣中瀰漫著烤肉香和焚燒稻草的氣味，偶爾還能聽到幾聲嗶剝。

隱約可以聽到蕭春的吶喊聲：「我們要種稻！不要種厝！全部給我滾回去。」

《臺灣時報》2013.11.20~11.30連載

專論

國小國語教科書可能的迷思

教科書是最基礎的文本，可以學習生活，學習閱讀，學習寫作，學習情意的培養……我們都認為教科書的內容是神聖不容質疑的，因而，各家出版社也都以編寫字典的態度來編寫教科書，這是值得肯定的。不過，為樹立教科書的「權威」，各家出版社作法相當，讓讀者可以信任教科書，增加教科書市佔率。第一線的國小老師們，評選教科書時，通常也會迷思出版社的「權威」形象，因此，各家出版社所編寫教科書的風格就會慢慢地趨近了。如此現象，對提升學生國語文能力，拓展生活視野，多元開放的教育趨勢也許會有些許的矛盾。

我認為教科書內容的迷思現象，首推名家選文，所謂名家，跟你我的想法是一致的，大概泛指名氣大的作家，或不朽的文學作品及偉人傳記……向陽、劉克襄、林海音、蔣勳、馮輝岳等名家作品選編入教科書，光是聽他們的名氣，就讓教科書夠權威了，學生、家長與老師全然信服，連絲毫質疑名作的動機都沒有。在出版社行銷的手法上更是品質保證，業務員只要告訴學校老師說，教科書選文是含這些名家的作品，試問哪個老師會質疑教科書的品質呢？

我認為在出版社所組成的編撰或編寫委員會，可以試著聘任絕大多數是第一線的資深老師，他們了解各年段學生的語文程度與需求，如果可以嘗試自己寫一篇適合學生的課文。當然，這篇課文或許缺乏了名家的權威性與文學性，出版社可以請名家們擔任編撰顧問，再次審核資深老師所寫的課文，一來可以為課文背書，增加權威性，二來可以提升課文的文學性。

迷思現象二：各出版社美其名成立了編撰委員會，真的是美其名啊。設立了許多專業的權威職位，例如：編撰顧問、編撰指導、編撰諮詢、主任委員、編撰委員等。其實，參與過教科書編寫的老師也很清楚，是不是真的各司其職了呢？是不是真的層層把關了呢？許多中文系的教授或兒童文學作家或資深教師或校長擔任了出版社的編撰委員會的幹部，光看封底頁屬於編撰委員會的姓名排列就令人折服了，當然，也再次提升教科書的權威，也讓出版社得以順利拓展教科書市場。

我認為權威確實來自於專業，師資養成階段中，過去的師專到專四時也設立語文組，師院或現在教育大學有語文教育學系，難道我們不相信師培校院所培養出來的老師，不具備編寫教材的能力嗎？我們豈能左手栽培專業的師資，右手質疑教師的專業呢?放手給老師寫吧，教授與作家可以從旁協助或者確實任諮詢審核的工作，這樣，教科書才能更貼近學生的學習。

迷思現象三：選編名人傳記或故事，例如：海倫凱勒、哥倫布、莎士比亞、馬偕等人故事是學生學習的標竿，也啟發學生學習的動機，也最能發人深省，權威性十足，更具備國際視野與歷史連貫性。

名人傳記其實是最好的教科書題材，不僅適合語文學習，品德陶冶，標竿學習的典範。為人師或為人父母最喜歡介紹孩子讀名人傳記，但我們喜歡介紹的名人傳記大都圍繞在上述的名人中，我們曾經告訴孩子：臺東有個賣菜的陳樹菊阿嬤，默默的捐出賣菜所得，幫助多少需要幫助的人啊。嘉義有個何明德先生，曾經成立嘉邑行善團，到處造橋，臺灣各地幾乎可以看到行善團造橋的善舉。教科書可以多介紹些屬於臺灣的名人，不但可以提升學生對鄉土的認同，更可以讓學生以生為臺灣人為榮，相信也可以達到讀名人傳記的效果。

迷思現象四：選編古代名詩人作品，例如：李白、王維、白居易等，佳作不會因朝代更替或歷史而孤寂，我們也喜歡讀古代名家的作品，有時對照現今環境，細細品味，別有一番新氣象。選編古詩詞最大的優點是沒有爭議，主旨清晰，可以懷古思今，可以學習古人的智慧，想像當時的時空，提升學生想像力。

我認為真要選編古詩作，不必太排斥臺灣古詩人的作品，讓學生了解臺灣也有相當優秀的詩人。目前選編的古詩作，通常上了國高中階段，國文教科書也會再次呈現，也還會有機會可以深入了解。國小選編的古詩作，可以再將範圍擴大些，選編一些國高中沒有機會再讀一次的詩作，更可以拓展學生的視野。

迷思現象五：選編過去國立編譯館曾經寫過的作品，例如：完璧歸趙，過去以劇本的形式呈現，現在也是，似乎完璧歸趙僅能以劇本的形式呈現故事的內容，出版社其實可以嘗試改寫成故事或小說，相信也能擁有不同的旨趣。十多年前的學生演這齣戲，現在的學生也演這齣戲，不可否認，完璧歸趙確實是相當經典的一部好劇。過去，屬於機智反應的題材，國立編譯館也寫過「晏子使楚」的課文，同樣也是發人深省的佳作。

我認為兒童劇有其必須具備的條件，基本條件便需適合學生的生活經驗，才較容易能獲得學生共鳴，啟發學生的智慧。和完璧歸趙有相同機智的故事，可以輕易地找出學生生活故事類似的機智反應，或者從學生閱讀的課外書籍中，也可以找到機智的題材，不全然只有完璧歸趙這篇題材而已。

迷思現象六：故事重複取材，本學期的國語課本中，有二家出版社同時在課文中改寫了「魯班造傘」的故事，有一家編排在二年級，另一家編排在四年級的課文。內容雖然雷同，但書寫的深度配合學生年齡而有所區隔。這樣的結果，也說明了各家出版社未能彼此觀摩或了解編排的文章或故事的內容，如果學生在二年級選讀過這篇文章，四年級再重讀一次，這類的學生就缺乏接觸不同故事課文的機會了。

我認為出版社不該侷限在內部編撰的作業，或許可以適時的與別家出版社互換編撰心得，互相欣賞選編的文章內容，但這涉及商業機密，相信出版社不願意做，也做不到。也許開放的向全國教師徵文，依照選編的類別和主題來徵文，相信重複性相對的就會降低許多。透過全國性的徵文，可以鼓勵各地的老師書寫在地生活，或是提供各地的生活作為編寫課文的材料，避免各出版社過於以「臺北觀點」為編寫課本的指導原則。出版社也應試著向教育部編審委員會申覆，堅持課文撰寫或選編的動機，主動捍衛增刪課文的自主權，不見得要一味的迎合編審委員的主觀意見，才是學生之福啊。

迷思現象七：修辭與句型教學，各家出版社在每一單元後，會設立統整活動，看似為整個單元做一個簡單的複習，但實際上有些統整活動又與本單元的學習沒有直接的相關。例如過分的強調修辭學與句型，導致第一線的老師將修辭當作是讀書教學的重點，卻忽略了課文主旨與大意，形式與內容深究，也忽略了課文理解與賞析，這恐怕不是教科書編撰者的原意。

我認為修辭與句型固然重要，但勿需刻意強調，屬於艱深的修辭與句型應讓學生到高中以上階段再去學習，小學階段只要讓學生了解簡單的修辭與句型即可。透過習作的深化練習，透過日記與作文的強化寫作，從模擬課文修辭與句型的練習開始，熟練了，學生自然而然能轉化成自己創作的能力。

十二年國教即將實施，多元入學方式提供學生多元學習的途徑。試問：有部分人也許還在迷思教科書是唯一的學習教材，其實背後最大的迷思，可能是未來的基測、學測或指考的標準答案。教育現場的老師們必須避免用過去的教材或教育方式，教導現在的學生去適應未來的生活。這樣，無法有效提升學生面對未來的競爭力，要鼓勵學生多元學習，不斷的改變教學方式，提升教學成效，受益的是整個國家的下一個世代。嘗試著去擺脫一些刻板的迷思吧，教育的視野會更開闊，學生的學習會更有興趣。

《新北市教育季刊》2012.12.30第5期

國語教科書課文童詩選探究

康軒版六上第七課冬天的基隆山。作者心中的意要把基隆山擬人，用了東北季風的嚎叫、脖子、芒花織成的毛衣的向來表達。既然將基隆山擬人化了，其實就可徹底些。詩的第二段可以直接寫出基隆山穿上芒花為她編織的毛衣的文意，便能說明芒花滿山的意象了；只有基隆山可以穿上芒花圍巾，便足以說明基隆山屹立東北角群山間的意象了。

康軒版六上第十二課心靈小詩，有四小節短詩，因為是名家，我們都承認它是詩，但筆者認為比較像「靜思語」，如第一節：「若你因錯過太陽而流淚，你也將錯過星辰。」，簡單的二句，待讀者自行判斷究竟是詩還是靜思語？

翰林版六下第一課墾丁風情。第一節貝殼砂，主旨應是貝殼砂，詩人要給讀者的意象，是貝殼外表人寵人愛的光澤，當然也擬人化了海神的攤位，水晶的寶盒等。詩末四句：「就這麼大方，海啊，都送給了我們／而人呢，拿什麼跟她交換？／除了一地的假期垃圾／

破香菸盒子和空啤酒罐」與主旨不直接相關，跳脫了主旨要表達的貝殼砂。

第二節風剪樹，風剪樹指的是一邊長著葉子、另一邊卻相對稀疏的樹；這種現象是由於強勁的風，使得樹靠風吹來的那一邊無法生長，在臺灣通常是 來自海上的風，因此在臺灣較常見的風剪樹是禿的那一邊面向大海，尤其在東北季風盛行的地方。

第一句再強悍的風季也休想拔起，「風季」應指季風，特別是墾丁強勁的海風，詩人要強調的是吹著海風的季節吧，風季應該很長，海邊的樹一整年都得面對海風的吹襲。但對孩子而言，「風季」是艱澀脫離生活現實的，也不常見的語詞。

第二、三句：「這半樹清翠的生機／永不下降的一面半旗」，如果改成散文連結的句子，便是「略喻」的寫法了。只是譬喻的寫法應以具體喻抽象，兩者之間應有外形、功能或歷史等的連結，才能讓孩子讀得懂。另外，「降半旗」其實是另一種形象，半旗的形象如果要勉強跟「半樹清翠」連結，恐怕就有點勉強了。

第四、五、六句：「一半的頑根撐在空際／另一半，更頑固的意志／緊緊踹住最後的岩石」詩人為了形容兩個「一半」的頑根，以撐在和踹住，「踹」這個腳踢的動作，不是靜止的，如果頑根可以踹住岩石，可能在頑根和岩石間有彈簧連接。那不是很奇怪嗎？

翰林版五下第一課玉山之美，如果拿掉「山風瀑布」這個景點，內容說的不只適用於玉山，更適用於全世界所有的山。第一段：「山／總比我們想像的／還要高大／還要強壯／雲／總比我們想像的／還要溫柔／還要輕盈」更明顯泛指全球各地的山和雲了，和玉山之美脫節。既然談的是玉山之美，應強調玉山美麗之處啊。第二段一開頭：「我們眺望高聳的峰頂」，可見詩人準備從平地開始出發了，但是接著卻說：「呼吸著沁涼的空氣」，這又和平地的空氣品質無法密切連結。看起來詩人要以空間距離來營造整首詩的結構，卻未竟其功，第三段開頭便見：「沿著鮮綠的山風瀑布」用鮮綠來形容瀑布倒是少見，詩人應該是要表達瀑布兩側的鮮綠色的樹木和草地，但孩子大概只能直接學習「鮮綠的瀑布」，除非延伸教學，不然是很難懂的。

全篇運用了許多簡單的擬人化句子，如：瀑布已經說話、山壁上的蕨草看見了、林間無數精靈的竊竊私語等。末段：「只是╲只是我們的背包太小╲怎麼也裝不下╲整座山╲和連綿不斷的回憶」更是明顯的散文斷句，當然也適用各座美麗的高山，不專屬玉山之美了。

翰林版四下第一課黑面琵鷺之歌，這首詩，因為是寫給四年級的孩子讀的，跟高年級比起來更是淺顯易懂了，詩人要以「我」第一人稱串聯全篇，確實是成功的，但若將整首詩各段分寫成一篇散文的段落，散文詩的形式更是明顯了，當然，孩子也就學習到詩的散文化，學習詩只是斷句的散文了。但對於童詩而言是否恰當？

翰林版三下第六課鹿港風光，這首詩是韻文，第一段押ㄚ韻，第二、三段押ㄥ韻，第四段押ㄠ韻。因為押韻，讀起來輕快活潑，也簡單的介紹鹿港景點和特產，詩句字數整齊劃一更顯簡單易懂。

翰林版二下第一課走進大自然，全篇試圖營造形式類疊，可惜在末段留下了敗筆。各段分別以「走在原野上」、「走在稻田裡」、「走在山林裡」、「走在小溪邊」做為開頭，雖然完全不具空間邏輯，卻也經營出童詩的形式美，末段：「我喜歡╲大自然╲不知道╲大自然是不是╲也喜歡我？」是破壞全篇形式美的一段，詩人或許想營造回味無窮的詩性，卻脫離了走進大自然的主題。

國語教科書課文裡的童詩，有多首是選自名師巨作，也許礙於名家詩作，出版社的編輯不敢請大師稍作修正，這也是名家選文難以突破的瓶頸，為了尊重原作，有時卻也忽略了孩子對童詩正確的認知。一般人總認為童詩是最容易寫作的文體，其實，如果不是因為教科書應是傳世經典，或許有人認為童詩可以不拘形式，但，總希望孩子不要認為童詩只是斷句的散文。

《新北市教育季刊》2013.06.30第6期

脫光雞？雞脫光？

國立台南大學圖書館長張清榮教授發表公開信，呼籲雲林縣長蘇治芬，尊重教育專業精神，回歸幼童純真。筆者認為教育的專業之一，應表現在考題的適切性，尊重童詩的文學性。

看看〈雞招待客人〉這首童詩：「妹妹，你知道雞怎樣招待客人嗎？哥哥，那還不簡單，脫光光，坐在桌子上招待！而且，不必全身坐在一起，呵呵，白切雞！」，雖張教授認為是腦筋急轉彎，但既成為教材及試題，就要慎重，更要具備專業價值。題目中的雞如果換成鴨或鵝或火雞，請問內容有何不同？

記得老演員脫線在台東設立養雞場，首打廣告「脫光光500」，「帶出場600」，這兩句廣告詞，先不論雞的雙關，大人很清楚，就是性交易的雙關語，也造成話題，成功打響脫線的養雞場。

台東大學楊茂秀寫這首童詩，還是以大人的角度出發，當然就離不開性雙關囉。看起來充滿童趣，其實不合邏輯。題目是〈雞招待客人〉，想想，如果問雞如何被人利用來招待客人，「脫光光」

一詞，其實可以替換成「脫掉鮮豔的毛衣」，類似的詞彙更具有文學性，即便是童詩，也非完全口語式的，更需具備文學美。

試卷考題要測驗此篇是什麼文體？脫光光是什麼修辭法？這個在閱讀理解層次，皆屬最基本的提取訊息？也沒有推論或理解評鑑之意義。其實老師覺得有趣，筆者看不出有趣之處在那兒？如果雞被殺拔毛比喻成脫光光是有趣的，那鴨、鵝、火雞、鴿子等禽類食物，不也是嗎？

再論審題的專業價值；審題應有三級制，命題教師是第一級，同儕教師第二級，行政含校長是第三級，以專業角度做三級審題，如果都沒問題，相信試題就應該沒問題了，但這首童詩真的是不適合！不論作者為誰？出版社為誰？

《蘋果日報》2013.11.05即時論壇

教甄二三事

多少懷抱教育夢想的代理代課老師，每年教甄考期飽受身心煎熬；為了一份穩定的工作，為了一圓教育夢。

教師甄試要成功必須通過筆試、試教及口試三關，有相當高的難度，如何在三關中領先群雄？除了準備充分，還要具備一些演藝人員的特質，當然，有實力還不夠，總也需要一點點運氣。

每個參加教甄的老師都懷抱上榜的希望，有人一考十年，甚至更久，依舊名落孫山。有人剛取得教師證旋即金榜。這並不是運氣，靠的是訣竅。綜觀教甄金榜的老師，有共同外顯的特色如下：一、充滿自信，或是擅於偽裝怯懦，通常以微笑來做最好的工具。二、活潑大方，具有清晰的口條，甜美的聲音，穩健的臺風。三、深具演藝天分，教學演示如演戲般的生動，讓評審如臨教學現場。這些特色是可以學習模仿的，除非沒有必上的決心，不然經過假以時日的練習，一定可以創造這些特色。

口試問什麼？要答什麼？每個考生都會問這樣的問題。與其擔心，不如說要看的是當一個好老師的企圖心。教育現場要的是一個充分準備好的好老師。口試不是演講比賽，更不是朗讀比賽。我總喜歡把口試定位在教育專業對談，只是評審委員與考生間對教育看法的交融。既然是這樣，要先釐清擔任口試委員的身分，通常是縣市內的校長，想想校長要的是什麼樣的老師？從這個方向去努力，勝算就會更大了。口試要拔得頭籌，我認為可從以下幾個層面努力：

一、答題的策略：答題最忌實問虛答，答不對題，長篇大論。切記要分層次做答，層次涵蓋行政宣導、教學、學生學習、學生活動、學生輔導、家長期望等，也就是要說出真實或間接的教學經驗。

二、自我簡介及教學檔案：簡介裡要包含姓名、學經歷、教育理念、教育生涯中的豐功偉業等。教學檔案就必須要呈現教學特色與學習成效。兩者的目的都是要引導口試委員提問的依據，當然也不必害怕答不出來了。

三、常見的學生問題：特殊生的學習與生活輔導，霸凌及學習落後，家中突遭變故，學生管教與輔導等等。

四、常見的家長問題：家長的期望、家長質疑教學成效、家長參與等。

五、教育政策與專業成長：教育部或教育局的政策，個人專業成長虛應運在教學上，提升學習成效。

六、行政互動：行政支援教學或班級經營，個人支援行政業務等。

試教到底要教什麼?才能出類拔萃，以一般教甄為例：

一、切忌的部分：字詞、朗讀及修辭的教學演示，教學時間內說太多廢話，未完成教學目標，教師個人秀，張貼太多的教具和過多板書，教錯抽籤單元，把國語教成自然或歷史或其他。

二、切記的部分：設定的課程要教完，教一個主題就好，師生互動，分組活動，行間及分組巡視，班上「客人」照顧，以微笑點頭取代顫抖緊張。

在高年級國語科的教學演示，可以亮眼的部分：

一、閱讀理解：參照PIRLS評量中四層次的提問，讓學生學習文章的主要內涵；直接提取、直接推論、詮釋整合、比較批判，可以應用在內容深究或摘取大意的教學裡。當然提問者不見得是教師，也可以設計成學生分組提問，交叉回答，師生互動會更熱絡。

二、寫作教學：形式深究教學中，師生共同歸納課文的文章結構。藉由文本閱讀延伸出寫作教學，可以仿作、共作或獨立創作。

在高年級數學科的教學演示，可以亮眼的部分：

一、先具體再抽象：不論教學單元為何？必須先展示具體的教具，說明抽象的概念，所有的定義，都是經過師生討論演譯後歸納。

二、由淺入深：確認學生舊經驗勿著墨太深，布題原則需由淺入深由簡而繁，逐步引導。

三、掌握中心概念：掌握教學目標的中心概念，不宜過多，確認一個主要概念就可以，當然可以再附帶一個次要概念。

參加教甄類別還有音樂、自然、英語、體育等，口試和試教的原則類似一般教甄，相信機會是留給準備好的人。

《臺灣時報》2014.04.28

國語名家選文風潮

國小國語文有注音符號、聆聽、說話、識字與寫字、閱讀、寫作等六大能力指標，國語教科書的課文，是教師常用的文本教材，教導學生獲得六大能力。每一篇的課文都要讓學生學習文章的形式、內容與主旨。因而，課文撰寫必須經過縝密的設計，從生字、語詞、句型、修辭、段落編排到文章結構，甚至到習作練習，一定要適合各年段學童的生心理層次，才能夠順利達成學習目標。

要文氣還是名氣？

近年來，各出版社特地挑選名作家的作品成為課文，也受到教學現場老師的肯定與鼓勵，通常老師只要看到課本目錄上名人的名字，很難拒絕名人的權威，可能還來不及看到文章內容，就心動不已了，也就順理成章的選用為教材，名家或者名人寫的課文，成為出版社的市場保證，因此，名家選文成為課文蔚為風潮。古詩選文不出王維、李白等大詩人，現代詩選文以余光中、向陽為代表，名作家張曼娟、小野、李潼、琦君、琹涵、陳幸蕙、鄭明娳、蔣勳、劉墉等皆是一時之選。另外，還有口足畫家楊恩典、名主播詹怡宜、青年公益家沈芯菱的文章都選入課文。也許日後，有可能在課文裡看到周杰倫、蔡依林、江蕙等名人的文章。

名家原作要轉化

如果名家的定義是文壇重量級作家，作品必定具有文學價值。課文能選進名作家作品，當然可以涵養孩子的文學素養，但想想，作家寫作的初衷為何？也就是說，作家限定讀者群是小學生嗎？還是高中以上的讀者群？寫作設定的閱讀對象，會影響文章的表達方式，簡單來說，小學生並不一定能夠讀得懂。因此，名家原作必須經過改寫，適合該年級的學生閱讀，才能成為國語文的教學文本。不過，重量級作家並不喜歡作品被改寫，有時會遭到出版社割捨。當然，如果出版社為借用作家名氣，提高教科書佔有率，有時也會同意作家的堅持，將原作品選入課文裡。

如果名家的定義是名人，具有媒體高曝光率，具備高知名度，但文章不如作家的文學價值，那就真的要徹底的改寫了。我認為出版社只是要借用名人的名氣，當成教科書的主打商品而已。當然，也有一個可能就是課文借名號，實質上由出版社找人捉刀，這種作法，至少寫出來的課文較符合學生學習能力。

出版社高明的行銷手法

各版本的教科書，仔細閱讀過，可以發現不同的版本會選用相同的名家，或者同樣的取材內容會在不同的年級出現。這就是出版社的行銷手法。A出版社會告訴老師B出版社教科書選用的名家，也有選入A的教科書，達成「恐怖平衡」。C出版社會告訴老師D出版社教科書裡在高年級的題材，早在C的中年級出現過，間接透露D的教材落後訊息，這樣的手法比較粗糙，類似商場的惡意競爭。

為爭取較大的市場佔有率，出版社爭相名家選文，在每冊的課文裡，越多的名家，越能吸引老師的注意，當然，在市場的回饋增強了出版社的做法。甚至，有的出版社從一年級就開始做名家選文，從一年級就培養老師及學生的消費習慣，市場占有率就很容易穩固甚至逐漸擴大版圖。

每家出版社都會有完善的售後服務，也算行銷手法之一，不贅述。

教師的專業判斷

國語教科書可以成功的發行，教育部有嚴格的審核與把關，形式上，每一個版本都可以合法的使用，但教師選用教科書版本，應依據教育的專業判斷，排除個人情感，跨越教師同儕壓力，忽略出版社的行銷手法，也勿以習作好寫好改與否作為標準，更勿有名家的正負面刻板印象。選用課本前，仔細的看過要選用年級每個版本的課文，考量教材銜接性，也可以同時看一個年段的課文，或者低中高年段一起看，詳細評估各版本的優劣為選用要件。在教學過程中，對於選用的版本做形成性評鑑，學年結束前做總結性的評鑑，適合的版本繼續用，不適合的版本就更換，才能真正選出適合孩子學習的文本。

《新北市教育季刊》2014.12.31第13期

國家圖書館出版品預行編目資料

半紙人生 / 何元亨著
--初版-- 臺北市：博客思出版事業網：2015.2
ISBN：978-986-5789-49-7（平裝）

848.6　　　　104000813

青少年輔導叢書 07

半紙人生

作　　者：何元亨
編　　輯：張加君
美　　編：林育雯
封面設計：諶家玲
出 版 者：博客思出版事業網
發　　行：博客思出版事業網
地　　址：台北市中正區重慶南路1段121號8樓之14
電　　話：(02)2331-1675或(02)2331-1691
傳　　真：(02)2382-6225
E—MAIL：books5w@yahoo.com.tw或books5w@gmail.com
網路書店：http://www.bookstv.com.tw、華文網路書店、三民書局
http://store.pchome.com.tw/yesbooks/
總 經 銷：成信文化事業股份有限公司
劃撥戶名：蘭臺出版社　帳號：18995335
網路書店：博客來網路書店 http://www.books.com.tw
香港代理：香港聯合零售有限公司
地　　址：香港新界大蒲汀麗路36號中華商務印刷大樓
C&C Building, 36,Ting, Lai, Road, Tai,Po, New,Territories
電　　話：(852)2150-2100　傳真：(852)2356-0735
總 經 銷：廈門外圖集團有限公司
地　　址：廈門市湖裡區悅華路8號4樓
電　　話：86-592-2230177　傳 真：86-592-5365089
出版日期：2015年2月 初版
定　　價：新臺幣280元整（平裝）
ISBN：978-986-5789-49-7